L'ÎLE QUIMBOISEUSE

De la même autrice chez le même éditeur

Au fond un jardinet étouffé, nouvelle, 2019

Accédez ici au podcast
https://anchor.fm/morgane-eeman2

Ce livre a été réalisé avec le soutien du Ministère de la Culture de la Fédération Wallonie-Bruxelles

ISBN : 978-2-87505-400-5

Dépôt légal : 2021/9407/17

Morgane Eeman

L'île quimboiseuse

Roman-poème

maelstrÖm reEvolution

à Stefan

à Marcel

Mais réfléchissez, réfléchissez,

vous êtes sur terre, c'est sans remède !

Samuel Beckett, *Fin de partie*, 1957

Dans le quartier prononcé « Patchéville »
Regardez où vous mettez les pieds
L'île n'a pas échappé à l'Homme
Pourquoi l'Homme échapperait-il à l'île ?

1. Le vivier

Quartier de Paceville, 23h42, un vendredi…

Paceville
Un dernier regard sur le dehors
De tes rues où le vivant s'agite encore
Et je suis à toi
Rideau

Rideau de sable qui crisse
Sans pitié euphonique
Sur mes tympans qui trébuchent déjà
Sur chacun de tes grognements réguliers
Dans tes tempes de plastique
Sursauts monstrueux
Dans chaque particule hébétée
Danse épileptique

Toi qui me lis toi qui m'écoutes
Vois
Vendredi qui s'embrase
Et son soleil rouge qui plonge en pleine mer
L'île se rassemble, concentre ses forces pour apprêter les rangs
C'en est fini de nous
Finie l'illusion blême de l'étoile brûlante
C'en est fini de vous
Les jolis cœurs
Même caparaçonnés
Les mélancoliques déracinés les fêtards endimanchés les touristes débranchés les putes bon marché

Comme il n'y a pas de bon moment, il n'y a pas de bon sens
Tous les chemins mènent à vendredi nuit
Vos caps sont vains
Et votre réalité n'existe plus
Vos déhanchements de volaille morte
Mettent l'île en appétit
Même la lune
Lui appartient
Et les armes rendues
Seule compte l'énergie brute, brunâtre
Que vous jetterez dans l'âtre
Caisse commune

Car la fin commence ; c'est vendredi toujours
Et l'on répond tous à l'appel
De la tourbe qui s'en va repeindre le réel
De la reliure insidieuse, couture ébrieuse
Entre crépuscule et petit jour
C'est l'appel frénétique
De Paceville

Paceville, lieu de la détresse docile
Je viens chercher ma part de mirage
Dans la foule en liesse qui grossit, grisée
Tu t'infiltres dans les âmes en soupirail
Trottoir au carrelage meurtri
Graissé d'immondices floues
Tu t'immisces ; il est l'heure
Ton sourire et les leurs, qui grandissent :
Promesse latente du chaos
Dans tes caves bientôt comblées
L'effervescence cogne contre ton vent trompeur
Brise de terre qui balaie la chair humaine, qui dans un murmure pénétrant
Par le nez, par la bouche, par les pores, porte la chair au large
Large le cœur, la bouche béante des night-clubs, les néons sanguinolents
Le sang appelle le sang.

Le soir se penche et Paceville
Engoncée dans ses apprêts en toc
Gronde doucement comme le chien blessé
Qui appelle la main qu'il va mordre

Paceville, à minuit j'ouvrirai ton corps comme un fruit trop mûr et le flot des vers de notre temps en jaillira sans ponctuation.

Paceville
Trottoir toujours plus luisant
D'une seconde peau d'humeur morte
Une fille gît là les genoux entre ses bras
Puits de détresse molle
Un homme soudain surgit lui crache
Cri d'impuissance terrifiant
« Pourquoi tu t'encombres de ton chagrin ? »

Mais déjà par les ruelles je te descends
Comme un alcool fort
Tu me réchauffes
Je crois m'engouffrer en toi
Bourrasque dodue qui fait claquer les portes
Mais c'est toi

Paceville
C'est toi qui t'insinues
Qui soumet les obstinés
À coup de coups d'œil tapageurs
Et moi
Paceville
Dans tes yeux troués je cherche l'iris
J'arrache tes cils et je plonge
Tes vibrisses me chatouillent tu me renifles
Je sais je suis
Une proie facile

Paceville
Dans tes abysses là-bas
Tu es multiple
Les portes s'ouvrent se ferment
La musique bat
Les rythmes se font et se retirent
Ils galvanisent et rassemblent
Les désespérés et les extatiques

Paceville
Ta colonne vertébrale fuit par ton nombril
Dans ton ventre il n'y a que du cru
Il y a des corps dans les coins

Des corps comme des bonbonnes d'oxygène vides
Leurs âmes électriques flottent dans ton tumulte
Et moi
Moi je veux la liberté
Celle des insensés
Paceville
Laisse-moi jouer avec toi
Laisse-moi fermer les yeux et avancer à tâtons
Paceville
Baîllonne-moi
Et laisse-moi voir
Je suis obscurcie par moi-même
Délivre-moi
Paceville
Laisse-moi voir le monde par tes yeux
Catacombes dilatées
Où s'unissent dans tes miroirs
Nos illusions et nos désespoirs

Dans tes mangeoires il y a l'avidité
Des tristes qui les fait renaître à chaque cri
Éternels nouveau-nés en quête d'une belle mort

Paceville, c'est la nuit qui vous gobe
et qui vous rend dans son évier de turpitudes

Paceville
T'as pas d'allure et tu speedes
Tu ne sais faire que ça
Mais je t'appartiens
Dans ta nuit j'habite
Dans ton cou je me love
Dans tes entrailles putrides je danse
Carnaval incessant
Les innocents sont loin devant
Paceville
Je me lave les mains dans ton purin
J'ai le ventre qui fait des bulles
Des remous marécageux

Paceville
Comme le chat tu souris tu lèches mes plaies
De ta langue salée
Tu m'insultes
Ta fumée noire me jette tous les sorts que j'ai demandés

Paceville
Marche-moi dessus
Donne-moi le sein
Fais-moi voir
Fais-moi moite
Paceville chemin des tristes

Laisse-moi fermer les yeux
Des morts m'allonger
Sur les corps sur le bar
Des libellules tequila s'affolent
Oh Paceville
Laisse les guitares t'emporter
Toi qui n'as jamais vu comment ailleurs la nuit est faite
Laisse les mélancolies te rompre le cou
Laisse les petits tenter de rendre les coups
Paceville toi qui n'as pas d'égouts
Tes abysses sont un moulin
Dont les pales brassent tout ce que tu refoules
Paceville
Il n'y a rien qui subsiste dans ton intérieur
Au petit matin tu vomis ta bile
Les taxis encombrent
La voirie toujours en chantier
Au petit matin tu craches nos humeurs
Dans les cendres
Dans les décombres
Dans les restes de ton feu sacré
Paceville
Dans le matin chantant ma solitude a des ailes
Mais Paceville sois tranquille
Je reviendrai boire ton pus

2. L'île I

Les rues de l'île, un peu avant lundi.

Vous êtes ici
Crotte de mouche sur la carte
Caillou doré
Crêpe bombée
Petit grain de pierre cerclé d'escarpes
Ridicule surface
Jaune ouverte
À la lumière

Vous êtes ici
Joyau reculé
Comme un paisible paquebot décomplexé
J'avais rêvé ce voyage
Avancer parmi le doux parmi le beau par mille chemins
partir à l'aventure
Falaises amovibles

Tendresse des oiseaux agiles

Mais le calme ameute
Il tempête bientôt
Et vous êtes ici
C'est sûr
Un nénuphar
Flottant affublé
D'échoués volontaires
Par milliers

Vous êtes ici
Rocaille puissante
Baignée de soleil
Chaleur utérine
Grondement confus contenu continu
De la marée motorisée
Parlante

L'île
Je palpe le son des rires qui courent ses rues
Intense et partout
Le bleu se décline
Insensé portrait
Couleurs codéine

Ocres les bâtiments
Et les rochers dressés
Au corps de l'île
Gibbosité jaune
Brûlant

Découverte
Bec ouvert
Des lagons bercés
De l'île calcaire
Sous son arche de roche immense
Azure Window qui me surplombe
Fenêtre sur le monde

Je suis ici
Grain si grand
L'île
Grosse maman
Aux larges traits
Feint
Au tréfonds du lys
J'irai voir
Moi poussière dérobée
Les trésors

Faire de cet endroit le lit de mes rêves vagabonds
Radieux radeau
Pour les y coucher le soir
Je voudrais
Mais le ciel abandon
Me regarde
Impavide
Un pas de feutre
Talon souris
J'avance
Souris
L'île me sent-elle ?

Plus loin elle
Dépasse les ports
Suspend chaque instant
Dans un présent acéré
Ses crocs effrités
Poumon mordu
Presque un mirage maintenant
Que mon alacrité crue

L'île souffle souffre
Sentinelle
Traversée de lumière et de vents contraires

Filandreux prémisses

Pour qui regarde
Les gonds
En coulisse
L'île dort
Sur l'eau
Opéra volanté
Minutage vaporeux
Auquel déjà se remettent
Les volontés

3. Sous les combles, la boîte

L'école, lundi, 9h.

D'abord la langue
L'anglais
L'école
Collée là
Dans l'île
Éducation
Malédiction
Je l'ai là l'école
Sur la langue
Comme un bout de papille pourrie
Partout l'école gangrène les cerveaux
À cheval sur les formules
Courte la bride
Brider les fous
Camisole pour créatifs
Ou tremplin halluciné

Par quelques utopiens qui
Parmi les dingues
Voient leur trop plein d'idées
Rejaillir en paquets de savoir prémâché préemballé prêt à porter
Paquets imbriqués dans des cases clouées pré-indiquées et étiquetées

Refouler la répulsion
S'asseoir et s'imprégner des miroirs humains à portée de regard
Se dépasser se conformer se confronter
À d'autres !
Les leçons de beaux mots
Quel que soit le mal que l'on se donne
Nous ne rêvons pas tous de la même couleur
Nos intentions détrempées se fondent
Parmi les fourbes et les daltoniens
À mes côtés
À quelle espèce
Appartiennent ces échoués ?

Salle repeinte de classe
Sans rang
Salle factice de jeu

De rôle
Drôles d'idées depuis longtemps écloses
Mais rembobinées partagées
Pour la même chose
Ils disent
On est tous là
Mais pour quoi ?

On apprend le tissage des mots
Les plaies que chacun cache se terrent encore assez loin
Se taire quand rien ne vient
En apprentissage
Un silence vaut-il
Un je ne sais pas ?

Là
Au milieu de la pièce
Un peu voûtée sous les combles
Comme une cave remontée au soleil
Espièglerie humble
Il y a Diane
Les élèves et les doutes
Dissipés dans la bienveillance
L'énergie bon enfant qui crépite
Sous le feu doux des connaissances

Le dos tourné
Diane fait tanguer les origines
Introspection en filigrane
Sa craie
Poème insidieux et sacré
Poussière de l'île
Repousse les limites
Du bout d'un bâton blanc

Distorsion
Des identités passagères
Que l'île froisse
Mouvement oblique
Discutons
Mais pas trop vite
Ou chaque être brandira trop tôt
Son néant
Joker au sec

Remplir l'espace
L'éther avec des indices
Ouvrir son bec
Basiques présentations
Supplice de l'exhibition
Qui êtes-vous donc ?

Et Diane sourit

L'esbroufe
À basse température
Tapie dans les coins
Climatisée cryogénisée
Prête à resurgir
Nouveaux venus
Leur teint fade se fond à merveille
Longue tenue
De la langue qui s'évertue
À reproduire

Autour de moi chacun forme l'écho de l'autre
De cet écho je perçois
La rumeur informe

Il y a le gros Boris
Russe aux yeux bleus
Quelque chose émane de lui qui étreint l'air
Une forme de sagesse
Peut-être est-ce la cohérence naturelle
Et sa naissance
Entre ses acquis et ses connaissances nouvelles

Il y a à sa droite, tapageuse
Tout aussi russe
Aux yeux bleus, aguicheuse
Longiligne Ivana
Ses cuisses comme les craies de Diane,
Qui elles, créent des formes
Maigre son corps, maigre sa voix
Filet timide
Qui se chiffonne
Sous les questions liberticides
Son physique est son bastion

Il y a Niklas, fringance tranquille
D'outre-tombe il parle
Vacarme classe
Nos os vibrent aux ondes
De sa voix bavaroise

Il y a Romance, joie jacassée
De Romandie
Pépie
N'en a jamais fini
De ses rêves qu'elle superpose
Équilibre verbal
Aux nôtres

Nous, les autres
Puisque Romance seule face à tous
Déploie le poids de ses névroses
Passées
Distillées dans
Les romans de Romance
Grandes épopées joviales
Où avenir et souvenirs
Fondus, coulent
De l'or à la bouche
Romance, raison et douce démence
Avive les vœux
Serait-il possible qu'elle ait vu de ses yeux
Tous les soleils ?

Il y a Samuel, Belgique rugissante
De ses esclaffades point
La connivence à l'état sauvage
Bagout simple
Son rire scinde l'air et rassemble
Les corps autour qui réfléchissent

Samuel inspire
Naturellement
La confiance

Par la bouche
L'air qui fuit
Règne

Entre Sacha
Et les leçons que Diane égraine
Se perdent dans ses histoires d'Ukraine
Retard chronique
Chaque matin
Revival de l'heure qui passe sans Sacha
Occupé par son poste
Exempt d'obligations d'étudiant
Sacha entre et sort
Musarde comme il l'entend

Diane soudain se tourne
Les faisceaux de tous ces yeux brûlent mes joues
Dans le silence de la craie je m'incline

Je m'appelle Mist
Comme la brume
Comme la brume,
Apatride
J'ai l'esprit vague
Et j'ignore la route à prendre
J'habite les foules humaines
Et comme leur sueur
Je m'évapore
Fumée de mer

J'apparais et vogue
Vous prenez des airs qui s'amassent
Mirifiques
Et je m'y roule
Vous formez des meutes de nuages
Orographiques
Et je m'y fonds
Au fond de l'ascenseur de vos tromperies
Mon regard s'accroche
À tous les étages
Vos subterfuges bancroches
Se dégagent

Mais j'en sais trop déjà
Je sais trop de ce qu'il faudrait ignorer
Pas assez du savoir de valeur
Donneur de sens
Je ne sais pas de quoi est fait l'essentiel
Je suis le flou de la jeunesse atemporelle
Celle qui veut fuir et conquérir tout à la fois
Vos fumigènes
Je suis le flou
Sans force ni faiblesse
Pas d'affolement au son
De vos mensonges amoncelés

Sous vous
Petits tas de viande farce
Je me dérobe
À vos regards
À vos mots
Mortifères parfois
Qui poussent comme des champignons
Sous la langue

Mais la langue d'abord
L'anglais
L'école
J'y reviens
Moi
Mist
Qui l'ai longtemps fui
Car je voulais apprendre
Loin de ces lieux de misère
Enjugueur d'imaginaire

Dans cette classe les sciences se mêlent
À leur contact ma peau pèle
Muent les phonèmes
Au cœur du langage
Dans cette prison qu'est l'héritage

Pas très loin de la paperasse hypocrite
La sociabilité feinte
On vend du savoir
Aux maîtres fourvoyeurs
Aux abois
À voir vos visages ravis
Ça ne vous fait rien de savoir le savoir en cage
Moi je rêve de rendre au savoir sa liberté
Alors je vais au-devant de lui et je crie « vole !
Qu'attends-tu ? »
Dans cette classe
Tentative échouée
Je voudrais affranchir le savoir
Que les mots prennent corps et se lancent dans le vide
Se faufilent sous la porte et respirent le grand air
Pas ceux que nous nous donnons en lui bouffant les ailes
Au savoir
Ô Savoir ! Esquive !
Va-t'en fleurir la cognition des pauvres

Silence
Silence des cultures qui s'entrechoquent
Cogitation muette criblée des tic tac
De l'horloge qui encercle l'île
Sacha s'agite

« Sorry for »
Au mur le plâtre s'effrite
« Being late. »
Et tombe en miettes
Son téléphone tinte
Diane marque son accord d'un geste
Sacha sort

Tous on le sent
Par le courant de nos influx nerveux
Nous reprendrons nos vies à la sortie
Si l'île le veut

4. Les derniers possibles

L'école puis les rues de l'île, vendredi, midi.

Quittant la classe la cave
Pour suffoquer dans le dehors bruyant
Et retrouver les fous
Tous venus s'échouer là
Sur ce caillou dans leur caboche
Paradis forgé collectivement

Le souffle est à reprendre
La brise se fait attendre
Je m'extrais
Ou je m'embourbe ?
Puissant sentiment de plénitude
Qui de nulle part prend possession de moi
Car libre ! Libre je peux flâner je peux nager je peux rêver
Dans un drap de soleil dardé me vautrer et m'assoupir
Que vais-je faire des heures qui me séparent du soir ?

« Du soir ? »

Une voix avec un nez qui prend toute la place

« No, querida, pas du soir ! Ces heures te séparent de *vendredi* soir… »

Une tronche avec des lunettes qui prennent toute la place

Des lèvres fardées comme un phare rouge

Chaque mot suinte l'île

Magda parle sa langue

Magda vient de Porto mais toutes les notes dans sa bouche

Passent par son nez insulaire

Vendredi tonne dans sa gorge

« L'île toujours scelle les sorts

Tu pleures ton envie de fuir, elle l'essore

Tes rêves au fond de ses poubelles, elle les sort. »

Nul ne sait comment prendre ses dires

« Dis-lui toi qu'elle fait peur à tout le monde… »

Un groupe s'est formé autour de moi et je marche

« Madga, tu fais peur à tout le monde… »

Des corps en marche dans un décor inerte

« C'est vrai, pardon, j'aurais pas dû… »

Comme on passait par le lacis des rues de l'île

Un pan de muret s'effondra à mes pieds

5. Vers la gueule

Les rues de l'île, vendredi, 21h.

Haleine doucereuse
Vendredi nous souffle dans le dos
Poussée insistante
Vers la première escale :
Sarapis

J'avance au bord
Des rues de l'île
Tuyaux farcis de véhicules éteints
Étroites et bossues
Alambiquées
Expectantes

Apparaît là
Au coin goudronné
Un maître promené

Le chien sable
Laisse
Tendre le lien
Complexion impassible
Des deux corps en mouvement
Définition exacte de l'action
De passer

Mais déjà l'attention déportée
Se jette sur un doigt pointé
Se fixe sur des ombres portées
« Regardez !
N'est-ce pas ce monument *Freedom*
Dont Georges a parlé ? »

Freedom, j'entends
Et je me souviens

Oneiroy

Résidence Oneiroy, jeudi, 00h30.

Georges, mercredi
Si tard qu'il était déjà
Jeudi

Georges
Parlait palabrait dissertait

Ce mercredi
Première soirée
Première gorgée
Du vin de l'île
Dans notre gorge pucelle

Rentrant de là où l'alcool avait coulé
Entre deux vins
Oneiroy s'est ouverte
Sur Georges
Je me souviens
La gueule grise
Rasé de près
Tout petit homme
D'aura montagneuse
La mâchoire marche devant
Et je me souviens
Qu'elle marche vite
Mouvements chaloupés de la langue

Accent terrible
Du discours

Donne presque envie de courir
Dans la nuit
D'où l'on vient
Mais Georges le veilleur
Désoriente
Désennuie

« Les ondes,
Les ondes et les gens
Les gens pleurent quand les ondes
Se tordent
Vacillent comme des flammèches
Puis se meurent
Et reviennent
Sursaut répété de la fréquence
Flux fendillé
Ça les rend fou, les gens. »

Samuel boit
Le vin et les paroles
De Georges esseulé dans son topo
Mais de quoi parle-t-il ?
« Les gens, sans le wifi, ils sont finis. »

Georges comme les rouages apparents de l'île

Jette des incantations
Sa voix comme un fleuve où les mots cahotent
Se bousculent
Les uns sur les autres

Chemise et pantalon
Dans l'air insulaire brûlant
Bavocheur pour l'heure
Georges
Emplit tout Oneiroy endormie

Dormir
Dans mes pensées
Je m'endors
Je voudrais
Je ne sais plus
Mais il me semble que
Le sommeil gras
Apparaît comme
Pas d'ici

Le sommeil comme la floche sur
Le carrousel
Brinquebalant
Kermesse de pacotille

Comme souvent
Là-bas loin
Inaccessible
Sommeil mort
C'est Georges

Vigie feutrée
Fatigue agitée
Pulvérise
Ses envies de sommes
Flacon sombre
Pshit pshit
Dans les angles
Le long des murs
Ongles crispés
« Les moustiques, voyez. »

Vendredi trépigne déjà
Et la chaleur amollit les consciences
Accoudées altérées
Devant Georges
L'enfant de l'île
Déliés
Ses mots sont

Oneiroy
L'illusion de l'éveil
Georges
Voyant rouge dans la nuit carnassière
Comme les chats qu'elle enfante
Et qu'il nourrit

Dans la cour
Le crissement des cafards
Qui courent
Sur le ciment
Sur le carrelage
Georges sourit
Bouche tordue
« Pas bon ménage hein,
Les cafards et les gens… »

Un petit Anglais naît
Du groupe assommé
« Les gens et les cafards
Même musique
Même trajectoire
L'homme est massif
Mais se presse à l'identique. »

« À ceci près qu'aux pieds
Du *Freedom*
Il n'y a pas un cafard
Qui se cramponne. »
Georges
Sentinelle
Sent bien qu'il a piqué
Les moustiques brusquement
Disparus
Somnolence subitement
Dissipée
Chacun cherche désormais une réponse une question des yeux désireux dévorant dans l'attente d'une précision satisfaisante
Des cous qui se cambrent
Freedom ?
« Filez dans vos chambres. »

Vers la gueule

Les rues de l'île, vendredi, 21h02.

FREEDOM se dresse devant la mer
Toutes lettres de béton debout
Ombres charbon :

Lasers
Lovées dans la baie
Les lettres cyclopes
Sont un amas immense
Escaladé par un homme
Qui se jette
Pas un cri
Pas un son
L'eau clapote

L'homme au chien
L'attention lui revient
Laisse tendue
Labrador
Doré dans le soir grandissant
Affriolant
De l'île

Nous sommes déjà
Ses projectiles

Comme cette voiture qui d'un coup de volant valse
Droit sur le lien
Et c'est l'humain
Qui valdingue

De la carlingue
Sort un volcan confus qui vocifère
« Pardon ! Oh, pardon ! Je ne vous avais… »
Monologue de l'énergumène
Contrit qui se confond
Ce qui nous mène
Aux éboulements
D'une lointaine construction

Je marche
Et je ne sais pas
Si je le veux

6. Sarapis

Résidence Sarapis, vendredi, 22h.

Sarapis
Salle de rien
Source sèche
Les voix éclatent les murs
Brisent les vitres grêles
Ricochets d'accents exotiques

Sarapis est blanche sans ailes
Colombe hébétée
Doucement vendredi s'ouvre
Et dans son infirmité tous les fourbes
Élisent leur QG
Quatre murs farineux
Qui tant bien que mal donnent le change
Mais ne changent jamais la donne
Les murs de Sarapis restent stoïques

Quand vendredi
Mutin
Migre dans les cœurs bleus
Pas encore électriques

Sarapis
Livide tu es née au creux du temps
Celui qui défraîchit les enceintes
Et qui défriche les bons sentiments
Sarapis
Tu voudrais bien
Tu n'y es pas mais tu voudrais bien
Lassitude et complaisance
Flottent entre tes murs sans plinthe
Où les échos de voix mûrissent ternissent et pourrissent
Complaintes
Dans cette blancheur maussade
Pas de corridor pour les contenances
Qu'on ne se donne plus
Nous les tout petits qui avortons
De nos jouissances les plus simples
Pour se voiler la face au grand jour

Sarapis
Immaculé conditionnement des peines

Des âmes sourdes et de leurs fantasmes de pureté
Putréfaction amorcée
Des âmes avides qui se roulent en boule

L'ascenseur m'a crachée là
Vieillard de fer grincheux
Son souffle ironique grince
« Vendredi gobera ta solitude. »
Je balaie d'un geste ces fadaises
Puis du regard l'endroit
Vendredi danse devant moi
Parmi les insouciants
Déjà bercés d'idées floues
Bientôt pétris de mauvaise vodka

C'est l'élan d'une fête nouvelle
Car vendredi stratège convoque tous les recommencements
Carnaval condamné
Pauvre de toi
Petit carnaval échoué
Sur les bancs de touche
Coulé dans les ombres grises tu te balances
Incertain tu restes là
On ne sait jamais

Qui le pourrait ?

Sarapis
Salle d'attente pour imagination
Débordante de vies de vide d'eau vive au creux de ces corps bouillis
Court-courriers
Du gosier aux boyaux

Sarapis
Tu ne t'encombres de rien
Pas un sourire pas un rictus à fendre
Tu laisses l'homme pantin feindre

Sarapis grenier du mimétisme
Faire comme
Faire croire

> Sarapis
> Là où l'on vient faire bonne figure avant de se déverser par les rues serpents dans la nuit qui se cabre

La cambrure épineuse de Paceville
Est encore indistincte
Car à Sarapis c'est pas l'heure

Aux néons sa pâleur
Illumine les tartufes

Sarapis à l'eye-liner
Dessine les contours du soir
Sur du PQ
Recyclés les rêves
Sont débauchés
Secoués par l'île ils tombent meurtris
Pluie de cailloux canardés sur le toit de la sourde Sarapis

Quand les viveurs soudain s'agitent
Sarapis s'ébroue
Quand chacun cligne
Des yeux fermés dans le dos
Sarapis contient les joies éparses
S'époumonant contre ses parois
Quatre murs
Et c'est déjà trop
Sarapis
Pour sa carcasse décrépie

Sarapis
Salle capitulaire pour faux conciliabules
Les fêtards parlent d'absents fêtards

Tous les fourbes sont déjà là
À cet instant je suis
La somme de toutes leurs solitudes
Je fuis par le sol
Où la mienne m'ancre
En crise encore
Je veux dire déjà
Il y a des puits d'alcool goguenards
Entassés là
Ils ne pensent qu'à saler la tequila

Les tristes le sont-ils déjà ?

Sarapis à l'heure du crépuscule
C'est l'aube nouvelle
Mais inhospitalière
Impersonnelle
Tes murs blancs sentent les draps blancs lavés au vinaigre blanc

Sarapis pisse-froid
Ou c'est moi ?
Sarapis ne soupire jamais ne connaît pas le pire

Sarapis se laisse faire

Par les cadavres en devenir
Dans le gouffre des bouteilles
Le tournis en suspens

Sarapis en sursis
Depuis ton extraction tu t'écailles
As-tu perdu
De ta superbe
Sarapis
Où sont les parachutes ?

Libre
Le mot terrible vient de poindre au bout
Des lèvres sous tes tubes de lumière crue
Substance morte mangeuse de cœur mastoc
Sarapis
Éblouie il me faut décamper déguerpir détaler

Je pousse la porte la vitre
Le vent s'engouffre
Agacé par la lassitude de Sarapis
Sur le toit la terrasse désinvolte
Baignée de nuit
Veille entre les hommes

Voie sans issue
Rires gras qui s'enlisent
Ils seront bientôt prêts

La nuit meurtrière s'avance s'approprie
Sarapis l'impotente
La nuit délétère s'amuse sirote son jus
Dans les jupes de Paceville l'abjecte

Sarapis
Salle du rien
Ni être ni néant
Dans l'enfer qu'ils se créent les uns les autres tu es la presque existence
Sarapis la bergère
Grise
Nous conduit perpétuellement vers
Grisés
Plus rien ne nous retient

7. Du loup

Quartier de Paceville, samedi, 00h30.

D'Oneiroy à Sarapis
Entre les ombres actrices
Vins de coupage excités
Entrelacs
Nous sommes là
Dévalons la pente
Bienvenue dans la pante
Déclivité de vendredi
Du ventre
« Dis,
C'est pas ton coloc ? »

Romance pointe un blond bien fait
Du doigt devant un club au néon veule
Samuel s'approche
Car c'est bien lui

Harry
Allemand
Charmant
Vertical
Harry dit bonjour et son sourire claque
Comme un drapeau blanc au vent
Violent

Disciplinés dans la déchéance
Des formalités
Coups cardiaques rythmés
Charriés par la transhumance
Hebdomadaire sollicitation
Du tarmac en transe
De Paceville

La route se barre
Nous entrons
Dans les clubs pubs bars
Pour rejoindre des corps
Cadavres debout
Pinsons démembrés
Sifflant les absolus alcools

Se font les jeux

À boire
À voir tous les restes sur pieds danser
Avec vendredi
Je joue aussi
Thymie avariée qui se balance
Au bout d'un fil
Régie défoncée qui se déhanche
Je veux voir où vendredi va

Et je n'ai pas peur du noir
Les allumettes tiennent mes côtes tranquilles
Pendant qu'ils se soumettent
Aux mélodies des hourds mobiles
Couinements branlants
Que personne n'entend

Crèvent
Dans le caniveau ventouse des buvettes
Les vampires asservis
L'écran de la misère
Portable
L'étau qui prolifère
L'eau de l'île a-t-elle un jour été
Potable ?

Je questionne
Dans le mouvement de l'air
Les sens liquides
Cerveau quiet
Plus pour longtemps
Bientôt quiescent
Pince-moi

Je suis au bord
J'agrippe l'air
Craspec
Je me nourris de leurs mensonges que je vomis
Aussi sec
Mais il est tard déjà
Trop
Je suis à bord

Paceville
Boum boum
Tu gobes les sourds
Leurs gobelets blues
Les membres gourds
Bougent comme s'ils n'existaient pas
Bientôt ils ne seront plus
Imbibée des sucs de l'île

Ta fumée blanche lèche
Les contours
Les confiances
Dans le sens du poil

Paceville
Arrête ton char
Je te vois venir
Bobards et tentacules
Dans mon rétroviseur
C'est toi qui me calcules
Tes lumières comme des gyrophares
Sur les beats techno rasoirs
Tu n'obtiendras pas un pas
De danse
De moi

Paceville
Spirale au front large
Tu tournes la tête
De tous les bambochards
Autour de moi Samuel, Romance, Niklas
L'Espagne de Pablo et sa vinasse
Özkan, Turc timide à l'anglais grimace
Ed, artiste briton lunettes plexiglass

Hee, Coréen gay
Tristan, gai Français
Dandinent de partout
Comme s'ils tournaient fou

Paceville
Recule !
Dans tes toilettes torves
Pochoirs en forme de cœurs
Évidés
Sont les troncs qui servent de corps
Aux femelles qui gesticulent

Paceville
Arrachés
Tes cils lancent
Au feu
Rouge
Du pétrole amélioré
Et je plonge
Tes vibrisses s'enroulent
Me prennent et m'étranglent
Serrent
C'est la gangue
Que tu formes

Morceau de toi que tu pétris
Plus poisseuse que le Gange
Tu serres
Fort
Toi la sclère
Enveloppe de l'œil de l'île

Paceville
Apérol
Tu me gagnes malgré moi
Je me donne à cœur
Ouvert sans joie
Dans ton antre nauséabonde
Où les naufragés fous batifolent
Tu me tractes de tes cordes si visibles
Et sous tes coups de coudes pointus j'abonde
Dans ton sens

Paceville
Lieu de la dépaissance
Le long de tes bourrasques
Glissent les soifs
Dangereux arraisonnements
Devant ma cervelle surcuite
Ton démon mauve dégouline

Je l'ingurgite
À la paille
Ma réticence se fait fiction
Plus de foin

Paceville
Miroir rossard et retors
Vendredi avance et tu ressers
Les rangs et les verres
Errance sévère
De toutes tes proies

Paceville
Plus les dingues le sont
Plus ta puissance croît
Fange tonique
Dans ton tombeau tu me cuves
Douloureux tintement
De mes synapses inaptes
Fosse toxique
Tégument de tous les hommes
Le carnaval au fond de ta tanière
Tu l'assommes
Et je rampe

Paceville
Hors de toi
Je veux fendre
La foule et la mer
Décamper déguerpir détaler désincruster tes ports en moi
Fuir tes craillements de corneille ricaneuse

Pablo plein
Se tourne soudain
S'efface sa mine gouailleuse
« Le verre sous le menton
Nous
Souvent vides
Mentons ! »
Mais son verre à lui est plein
Le coude d'à côté s'envole trop franc
« Oups, pardon ! »
Whisky coke crac boum
Traverse l'espace
Éclabousse Pablo
S'abat le pilier patraque
Du corps il ne reste que le coude et
La charpente se retient de faire
Sur nous ses tiges de fer

Courir
La nuit en son parfait milieu m'autorise
Fibreuse comme un gros fruit trop mûr
À courir entre ses fils
Que colonise

Paceville
Un dernier regard sur le dehors
De tes rues où le vivant s'agite encore
Et je m'arrache à toi

Brusquement happée
Par un boui-boui
Appelée
Sur le porche apparaît
Un panneau imposant mais discret

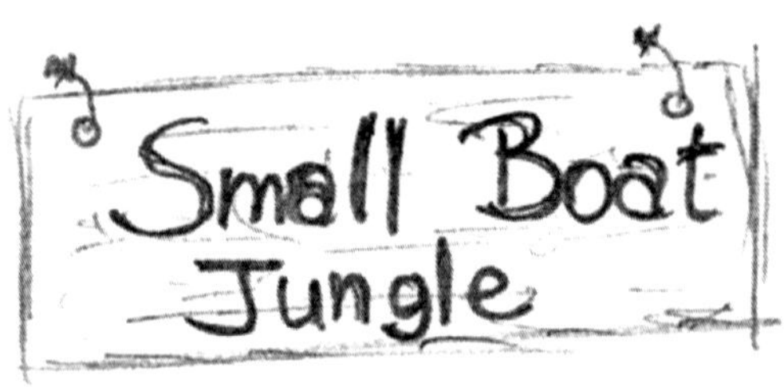

8. Small Boat Jungle

Small Boat Jungle, quartier de Paceville, samedi, 4h23.

Je m'engouffre comme
Le vent décolle
Il a plu dehors
Dans les douves
D'issue je ne trouve

Aaaaahh
Exclamation
Celle que l'on pousse
Que l'on chasse
Hors de la housse
De l'attente
M'attendait-on ?

L'aulofée m'a jetée là
Sac de jus de brume

Ma tête est un bocal enfumé
Je dégouline
Fuyant la tourmente Paceville
En son cœur
Je me sens cachée
C'cst un cœur qui me parle
Paravent qui baragouine

Dehors ça crie ça caquette
Vendredi harcèle les noceurs
Ça gémit sur les banquettes
Ça titube sur les quilles bancales
Ici boui-boui bondé
Spacieux et petit estaminet
J'ai trouvé le lieu qui m'abrie

Hissé assez haut
L'aulos au mur
Souffle un air
Seul
Habitués les êtres autour
Le comprennent
Le contiennent en eux
Par l'esprit le saisissent

Cavité du temps
Comme une oasis
Insoupçonnée
Je n'ose pas m'asseoir
L'endroit tient peut-être de Paceville ce puissant pouvoir
Ensorcèlement singulier
En moins nocif
Pas de récif
Je crois
J'épie
Avant de m'éployer

C'est une taverne aux mille visages
Je le sens
Elle boit les consciences
Les recrache éclairées
Du bois le veinage
S'étire jusqu'à moi désembuée

Dehors il pourrait faire gros soleil
Ou pleurer à gros torrents
Dans la nuit noire ensevelie de chairs
Que ça ne m'étonnerait pas
Cet endroit est au cœur du temps
De l'espace je ne sais pas

« Où suis-je ? »
Tout haut sans le vouloir j'ai posé les yeux
Fixé ma question et se sont tournés les yeux
Et alors tout l'endroit s'est mis à me plisser des yeux
Scrutée je recule presque
Suspends le geste

« Small Boat Jungle »
Une grosse barbe bienveillante
« Loin des saoulards qui s'engueulent »
Brouhaha interrompu et quiétudes convergentes
« Plus loin dans la gueule
C'est le répit de nous
Au creux du loup »

Inconnus sympathiques
Expliquent le lieu
Langages pluriels
Plus rien ne me pique
Espace vectoriel
De sensations inexplorées

Small Boat Jungle
Cabaret vert d'eau brune
Au centre une fontaine jongle

Entre les lianes qui s'arriment
Et la lyre vivace qui s'enflamme
Sur le comptoir trône une enclume
Qui semble détourner tous les drames

Small Boat Jungle
Du français ancien mal traduit
Ou peut-être que si
« La jungle en barque »
« La jungle embarque »
Proteste grosse barbe

Coite pensée
Qui mue trop vite :
« Du petit bateau la jungle »
Mes mots lévitent
Les yeux qui me couvent
Deviennent des étreintes
Les vantaux s'ouvrent

Small Boat Jungle
Anarchie joyeuse
Astrolabe autonome
Pouvoir parti sur pinace
Pas l'ombre de son fantôme

Entente planisphérique
Rhapsodie hypnotique
C'est l'air de l'exact
Milieu

Small Boat Jungle
Qui se pâme à mille lieues
Sanctuaire si flottant
De tous ceux qui n'ont pas oublié
De rêver grand

Certains disent que le
Small Boat Jungle
Précède l'île
Peyotl planqué sur sa montagne
Bistrot puissant qui nous épargne
Vendredi guette aux portes
Courbé
Dans ses guêtres crachote
« Petite gargote
Je suis ton obligé
Laisse-moi donc entrer ! »

Pas même crispée la barque
Sourit

Semble baller sur son axe
Sereine

De porte mouvement subit
« Mais quel est cet insolite troquet ? »
L'étranger gorgé se ravise
Vise la clenche
« J'ai dû me trom… »
Eeeeeeehh
Exclamation
Qui tronque les mots tracés
Par la langue de l'ahuri
Bouche bée

Dehors un pan de mur pend

L'intrusion accueillie se reprend
L'amarinage se fait prompt
Au Small Boat Jungle
Nautile en mouvement
C'est la barcarolle
Douce chanson chaloupée
Qui étoile l'endroit
Car vivante est la lumière
Petit bateau qui flamboie

Sans bougie sur le pont arrière
Ni néon ni LED
Je vois sans luminaire
En barque !

Subrepticement une lueur
Se crée
Secrète
Sécrète un frémissement

La sueur me prend
Distinctement
Un battement
Tambourine
Pas une réaction
Ai-je l'ouïe si fine ?

Pulsations
Au tympan je louvoie
Et bientôt je le vois
Le livre
Car c'est un livre
Un chemin se fraie
Prend des biais
Tire des bordées

Vers le fond du café
Bat

C'est un livre
C'est un cœur
Course cacophonique
Carnet cratophanique
Cœur tout nu qui se balance
Livre tout cru qui se dépense
Comme un gros sucre
Impalpable

Je suis l'éléphanteau de la ténuité
Celui qui se retrouve
S'agrippe à la queue mère
Dans ma main tendue l'éther

Mais soudain s'effrite le son
Coagule l'état de manque si vite établi
Comme un bercement anéanti
Comme un train qui m'éveille
Achoppé sur les chutes de feuilles
Mortes
Celles-là même qui mentent
En suivant le vent sans s'opposer

Je te hais
Sucricide réalité

Je me jette au-dehors
Je crie plus fort que le battement
« Attends ! »

Le soleil
Ultime illusion
De la vie croupissante
Imprime son ombre souriante
Sur Paceville
Immobile

Pourquoi m'attendrait-on ?

9. L'île II

Les rues de l'île, samedi, 8h42.

Vous êtes ici
Épinglé sur la carte
Dans les rouages fous
Du myocarde

Vous êtes ici
Fantôme de vous-même
Sombrant dans les fascines
Fossé branché
Rampant le long des fortifications
Fluviatiles

Vous êtes ici
Nénuphar flottant
Saturé d'échoués volontaires
Suspendus par-dessus

Les trous les gouffres que forment
Ses falaises amovibles

Pas bien grasse
L'île
Même à l'air
Libre
Parfois elle manque d'air
Gros caillou souvent disputé
Fier et tenace face au vent

Je déambule ses rues
Outre-mer
Outre vide
Dans ce bled
Où personne ne rue
Je fatigue
Déjà

L'île
Souffle des brises salées
Volant intrépide au secours des demeurés
Solution express
Paceville
Demeure des égarés

Je suis ici
Où le calme ameute
Les rapaces et les pleutres
J'ai assisté à la messe
Des acrobates beurrés
Qui de leur médiocrité
Se repaissent

Je suis ici
Petit grain de pierre
Aux reins
Qui m'agrippe
Pipi noir
Dans les creux rocheux
Substituts de sable

L'île
Sans un soubresaut
Fabrique ses asservis
Esclaves de leur platitude
Je les vois vaquer dociles
Aux tâches qui leur incombent
Se resservir et s'amollir

L'île comme l'écrin d'une bombe

Douce carapace
Édredon des cerveaux calcinés du matin
Manivelles apparentes
M'enjoint de feindre
Me remet Sarapis en mémoire

Sur l'île où les parasites cossards
Croient qu'ils sont rois
Je me retourne comme dans un lit trop mou
Moi
Mist
Mauvaise serve
L'île le sait
Je suis sans suivre
Je veux savoir

Je marche vers
Mon lit le vrai
Le grain soudain
Frappe
Franc
Me freine
Sur le trottoir d'en face
Le chien
Le même

En laisse promène
L'humain
Le même

Je suis ici
Grain si grand
Nénuphar calfeutré
Grinçant
Échappatoire éventrée

C'est le trou
Noire !
Noire est l'idée dans le bocal
Fixe
Ferrée au sol

Voler vers
Un autre horizon
Je voudrais
Mais

Je suis ici
Colombe alarmée
Qui cède à l'armée
Des remparts de l'île

Petite excroissance
Retenir est son essence

Je rêve de
Prendre la mer
Comme un sol sans fin

Paceville n'est plus
Qu'un tourbillon flétri
Cependant qu'il n'y a plus
Ce matin âme amie
Le nénuphar est tranquille

Et si vendredi n'est pas le roi
Il en est le bouffon
En coulisses il a tous les droits
Dans six jours il nous reprendra

10. Retourne-toi et rêve

Résidence Oneiroy, samedi, 9h08.

Un pas dans Oneiroy
Et c'est le flou
Dormir englobe tout
Les visages se perdent
Parmi les sons et les exhalaisons
Signal brouillé
Sommeil brûlant

J'ai la tête en syncope
Qui disparaît
Noyau capricieux vers d'autres isotopes
Quand apparaît
Derrière la porte franchie un pick-up
Et un mec plus rapide qu'une frégate
« Hey ! Mist
C'est ça ? »

Accent allemand qui me fixe
D'humeur télépathe
« Hier sur la piste
Tu me remets ?
Alex
Enchanté. »
J'ai cligné
De l'œil presque tourné
Il n'est plus là

Champ de vision accaparé
Par Sacha aussitôt encerclé
Par Samuel et Hee
Coréen pas encore rencontré
Par Sacha paume tendue
Articulant :
« Alex, »
Mes yeux comme des boules de Noël
Tout sourire Samuel sourcille
« Mais tu peux m'appeler Sacha. »
Lourdes les quilles
Me portent m'emportent
Mon lit
Merci

Je sombre et je

Jour

Résidence Oneiroy, chambre de Mist, samedi, 9h16.

Jubile
Je crois bien que je
Jubile
Sur les routes cabossées je sautille
L'île est belle dans la nuit bleu ciel
Ses étoiles rutilent
Georges à mes côtés marche résolu
« Tu as la félicité céleste des élus ! »
Et c'est vrai je me sens
Béate
Cette impression d'avoir gagné cent ans
Avant que l'île n'éclate
Me porte

Le port
Alex est là
Je suis au port
Qui soudain est comme un puits
Et il hurle
Le puits

Alex aussi
« Help ! »

Il apparaît se noyant
Il disparaît tournoyant
Entre la densité du sel
Et l'air détraqué qui me cloue
Dilate les images avant lecture

Dans ma fenêtre il y a rupture
Aporie intraçable
Dans mon ravissement
Car je suis joie

Au bord
Je suis au bord
De l'eau
De l'île
Se fait miroir
De moi en boîte
Je ne vois
Que le sourire

Nuit

Résidence Oneiroy, samedi, 22h47.

Moite

Mémoire boiteuse des jours heureux
Morts
Mordre dans la fin du jour fallacieux
Il me faut
Me désempêtrer de mon sommeil massif
Il est tard déjà et je me décrispe
Vendredi est devant évidemment
Mais derrière encore pour quelques heures
Jours je ne sais pas
Les escaliers portent mal mes pas
Je n'ose pas exagérer
Je compte bien en profiter

Rires
Des rires comme une joie fraîche
Déplacée dans le temps
Qui se cabre et s'écarte
Pour s'ouvrir sur Georges
Garruleux veilleur
Attentif étourdi

À son comptoir maison de nuit

Autour de lui les hébergés frétillent
Goûtent le jour qui se couche
Comme hier le gin fizz
Et rient
Aux dépends d'un Kirghiz
À l'anglais mort-né dans sa bouche
Salive juste égouttée
On ne l'écoute pas

Georges agite un bras
« Désolé pour eux, faites pas attention… »
L'immeuble émet un vacarme gras
Du mur de l'eau s'écoule
Que Georges observe circonspect
« Que puis-je faire pour vous ? »
Wassingue en boule à la main
Georges
Devant le Kirghiz exsangue qui cafouille
S'agenouille

Magda pue l'île
Hologramme mal illuminé
Elle me tend

Mon corps comme un piège
L'espace d'un instant
Ne m'est plus familier

Elle entretient le caquetage insignifiant
De deux Slovaques sans âge
La petite s'étend
« Je sais que quand
Mon cancer sera diagnostiqué
J'arrêterai de courir et de bouffer
Toutes ces saloperies bio et ces graines à la mode ! »

La grande tient un discours analogue
« J'arrêterai enfin de m'enfiler ces fruits trop juteux
Au goût trop fort dont je sens l'odeur par les yeux !
Adieu la course à pied et la peur de la triste silhouette ! »

Magda lunettes solaires de chouette
Grosse voix de son nez tout droit
« Quand le cancer arrivera je ne changerai rien
Pourquoi bousculer les bonnes vieilles habitudes ?
Vous ne devriez pas vous en faire
Vendredi prend soin de nous, mammifères ! »
Entre rudesse et mansuétude
Nul ne sait jamais où se trouve Magda

Ces gens me dispersent m'ennuient et m'éloignent
Je me sens semée
Quand le silence se fait je l'empoigne
« Il me faut revoir, revivre, révéler, réveiller l'instant
Ce flottement épicentré
Secousses
Courant tellurique épuisé :
Small Boat Jungle
La gousse de tous les possibles ! »

Personne ne moufte ni n'acquiesce
Mais mes mots ont trouvé leur cible
Seuls
De marbre le faciès de Georges
Maintient l'air autour immobile

Mes sens ne sont plus que des liens
Tendus en grappes vers un futur incertain
Le battement du livre est dans ma poitrine
De brume
Il me faut retourner à l'origine
De Paceville fendre l'écume

Comme l'île
Ses propres douves

Georges creuse
Il épouse les mouvements des endormis
Enlisements
Vigils
« Au-dessus de mon île, le ciel est infini... »[1]
J'attends
Mais Georges a fini

« Quelqu'un a vu Ed ? »
Niklas tonne malgré lui
En main les lunettes
De l'anglais ami

Sourire indolent et large de Georges
Sensation de leurre
Romance pleure
Transforme Oneiroy en salorge

Dehors dans le soir tremplin qui s'ignore
Passent le chien puis l'homme
« Sûrement en route pour le *Freedom.* »
Réplique uppercut du veilleur
L'île affûte ses humeurs

1. KONTOGLOU, Fotis. *Pedro Cazas*. Paris : Cambourakis, 2016, p. 25.

11. *Freedom*, tu m'entends ?

Les rues de l'île, dimanche, 13h30.

C'est une promenade comme un conte en prose
Mal dégrossi
On se promène comme des gros chats gris
En plein jour
Des portes closes

Et le jour est grand
Et le ciel est ouvert
La température se tient haute
Ils vont tous comme en avant
Chaud devant
C'est la marche des domestiques
Pour le grand soir
Des éveillés somnambuliques

Özkan et Niklas
Devancent de peu
Samuel et Romance
Dans la foule des touristes
Débranchés du dimanche

À l'embranchement
C'est le rush
C'est l'ouverture
Sur l'eau du paysage
Tous les passants s'approchent

Le *Freedom Monument*
À fleur de lagon borgne
Crée cet épiphénomène
Entre les roches et les passerelles
Invisibles car jamais achevées

Nous ne sommes pas très loin
De Paceville la maritorne
J'aimerais enfoncer le frein
Le soleil m'est déjà morne
Mes yeux picotent comme en bouche
La cressonnette
Les pantins qui débouchent dans la baie

Marchent en rythme
Marionnettes

Ces gens sont-ils tous des épaves de vendredi ?

Dans mes pensées absorbé
Samuel observe
« Ces gens ont l'air conscients,
Je ne vois pas vendredi dans leur escalade. »
Romance a perdu son entrain du lundi
« Je ne comprends rien à cette parade. »

Entaillés sont les flancs
De ceux qui grimpent aux flancs
Du *Freedom Monument*

Du haut des lettres
Sous le soleil halluciné
Les échoués se jettent
Poupées molles chiffonnées

Sept lettres de béton
D'où chacun creuse sa belle tombe
Liberté restera l'épitaphe de tous les suicidés
Du monument anépigraphe

Noyés de l'air vicié de l'île

Chaque jour il est des gens
Pour s'envoler de la construction stoïque
Sous les caractères les passants passent
Les autres les gravissent

Le *Freedom* est l'écoduc de l'île
Là où l'homme
Enjambe en paix sa propre condition
Un petit passage à vide ?
Prends donc le passage à faune
Son ascension est chose commune

Mon estomac soudain se débat
En haut du D il y a comme une
Forme familière
Ed a pris sa place dans la fourmilière

Juchée sur ses orteils
Romance hurle et s'égosille
S'avance alors Ed qui salue le soleil
Aux pieds du D
Cous tordus
À gueuler comme des fauves à la lune

Je crois que nous sommes ridicules

« C'est la porte de sortie de l'île ! »
Et son corps entier est ce cri qui bascule dans l'eau

Sur le O
L'attention lui revient
Une fois encore
Labrador
Laisse raide
De convergence le point
Toujours fourré dans le tableau

Du *Freedom*
Le chien s'élance
Et emporte l'homme

12. Le gosier

Quartier de Paceville, 1h12, un samedi…

Sur la route
Y a des jambes de bois
Dans la troupe
Même les nouilles se voient
L'appel de la tourbe
Je l'ai vécu cent fois

Des mois que j'arpente
Sans faim de fête
Cette pante sans fin

Paceville
J'en pars j'y reviens
Comme un putain de voyage au centre de moi-même
Bad trip bègue qui aime assez les ambages
Pour ce que j'en sais

Et c'est encore la ruée vers l'ordinaire
On dîne de grains de poussière
Ça fait fureur
Sur l'île grivoise
Où l'on s'éternise
Sans décision prise

Paceville
Pan de l'île en suspend le jour
Paon de l'île
Tes néons rouges gonflent le cou
Tes bagouses enflent sur tes doigts
Ta main gigantesque est comme un trou
Noir du chagrin des hommes
Tu grossis de leur misère
Tu désaccordes leur enfer
Tu l'habilles
Ils l'oublient
Psychotique illusion
Tu frappes de front les infortunés

Paceville
Tes sémaphores sont des traquenards
Un pied dans le bourbier
Il est trop tard

Pris dans tes filets qui bavent
Il ne sert à rien de se débattre
Vendredi serre déjà ses chevêtres
Tes victimes l'ont dans l'os

Je voudrais fuir
Comme le vent dans l'aulos
Qui pend au mur
Mais ton son assourdi
Me détient
Ma barque où es-tu ?
Le soir est mûr
Tu peux revenir

Paceville tu cours
Tes rues antilopes
Se dérobent à mes recherches
Là où se tenait mon pub sans âge
Les pin-up des bas-fonds
Dandinent le derche

Mes rares amis s'émeuvent
De mon acharnement
Eux qui chaque semaine embarquent
Aucun questionnement

Sans avoir jamais vu la *jungle en barque*

Chaque nuit je me casse
Les dents
La gueule de mes rêves en dents de scie
Du Small Boat Jungle
Me contamine

Paceville
Je voudrais
Rentrer à la brasse
Mais tu me brasques
Et je m'aligne
Tes conduites exsudent
Tes insuffisances

Il t'en faut plus
Toujours plus

Paceville
Écartèlement des chairs
Je trébuche sur tes os
Pas besoin de graines sur tes gluaux
Les corps s'empilent seuls

Et les pauvres loques
Qui attendent encore pour rompre les rangs
Que l'aube sonne la berloque
Se méprennent
Car le jour n'est de la nuit qu'une altération controuvée
Contournement couard jamais démasqué

Paceville
Chemin des tristes
Qui dans les délices viciables
Entortillent leurs rêves filasses
Immergés dans la pollution auditive des liquoristes

Défaites animées
Les fêtes enterrées
Se trouvent plus bas encore
Plus bas

Paceville
Cesse la frime
Dans ton eau je fripe
Mais je me laisse
Faire et défaire
Dans la foule en laisse
Je rosis grisée

Glissent mes mots doux dans ton col
Amidonné

Paceville
Serpent jouasse
Je plonge au fond de tes bouis-bouis dégueulasses
La peur chaude
S'est murée loin en moi
Je suis une chose
Viens jouer avec moi

Paceville
Pucier puant
Pugnace pulpite
Pulsatile puccinie
Putride animal
Je me relave les mains dans ton purin

Chez toi les clubs
Sont des chalands
Ils gardent les corps vivants
Jusqu'au petit jour
Tu pêches à la puche
Les perdus sont ton crangon

Paceville
Montagne creuse
Je te rampe remplis
Du sang des pièges que tu me tends
Tant pis pour moi
La miséreuse des temps modernes

Au fond de tes yeux ternes
J'ai trouvé tes pupilles
Regarde-moi Paceville
Je me suis saoulée pour ne plus te voir
Mais mes paupières embrochées sur tes palancres
Bloquées béantes
M'obligent à me repaître de ta nuit

Je les vois
Tes poulains qui prolifèrent
Au creux de ta frayère
Réservoir sépulcre
Où les soiffards exultent

Paceville
Toi qui ne connais que la nuit carnassière
Je ne sais plus comment ailleurs la nuit est faite
Aujourd'hui comme hier

Dans ton tombeau je cuve
Dans ta bière
Je m'encapsule et je mousse
Fondue dans les cris inaudibles
Je m'enfonce
Tympans défoncés
Je bois le pulque
Je titube
Tuba en berne

Paceville
Bois flotté licencieux
Bois !
Ils disent
Les seaux sans fond
Fondement de la descente en léthargie
Chocs des basses à répétition
Sodomie des sons
Dans la roche de l'île

Le soleil revient-il ?
Vraiment ?
Après Paceville ?

Un dernier regard sur le dehors

Où les cafards s'agitent encore
Et je suis à toi

Paceville
Fais ce que tu veux
Tourne-moi le dos
Sers-moi le plat
De la main la gifle
De résistance il n'y a plus une once en moi
Je suis à toi
Je te le dis
Je m'évertue
Mais tu n'écoutes pas
Paceville
Viens-en au fait
Fais-moi voir
Fais-moi moite
Marche-moi dessus
Durcis-moi
Fais-moi roide
Fais-moi venir
Entre tes doigts crades
Fais-moi bouillir
Les viscères
Serre-moi l'intérieur

De tes ongles rieurs
Titille-moi le foie et les humeurs
Mortes de mes joies d'autrefois

Paceville
Dans les lombriducs que sont tes rues
Je m'affale
Il est trop tard pour déserter l'animal
Qui tourne en rond en moi

13. Retourne et rêve-toi

Les rues de l'île, 4h42, le même samedi…

Méditant sur le trottoir graisseux
J'aperçois Samuel
Zombie zonant sur les pavés fendus
Ma conscience remonte et fait des bulles
Dans les remous marécageux

S'extirper du gosier
Comme un astre de son orbite
Il le faut
Se tirer sans traîner
Ne pas tenter l'hypogastre
Qui ne manquerait pas de nous digérer

« Toujours pas de barque, hein ? »
Ma tête fait passer le message
« Désolé… »

Se jettent à notre visage
« Et merde… »
Des éclats de verre
Vitre épuisée dans les vestiges d'un club
Boucan calme dans le bruit assourdissant
De vendredi

Romance est là qui nous regarde interdite
L'heure de l'aube n'est pas encore prête
Mais lasse
Je ne peux plus attendre
Tendre la bouche
Boucher mes conduits
« On se casse ! »
Romance va pour
Mais Samuel s'
« Laisse… »

J'erre comme un déchet dans la décharge
Qu'est l'île
Quelle île désormais !
Amas sombre de bris vaguement en vie

Quelques fous marchent à contre-sens
Et parmi la pulvérulence entamée

Un torse maigre nu
Croix qui brille au cou
Lunettes solaires sur le nez
Dans le soir siphonné
On ne voit que lui

La nuit tarde à se relever
La tête me tombe
Je la tourne
Doigt soudain dardé de Samuel sur
Un nuage blond déboulant en trombe

Harry
Allemand
Haletant
Vertical
Ou presque

Le drapeau blanc de son sourire défaille
Failles apparentes dans le plan de sa sortie
On dirait qu'il rapporte une avarie
Nous implorant de venir avec lui

Je cours
Course-poursuite jouée

Ponctuée de vomi et d'obstacles
Absurde fresque
Quand tout à trac
Tout s'arrête
Il y a devant nous dans la mer
Eau mouvante de l'île
Un corps en mouvement
Se tord-il ?

Flash et délabrement
Dans l'île de mon esprit branlant
C'est Alex
Accent allemand au loin
Se noie-t-il ?

S'approchant enfin du bord
Il traîne son poids dans l'eau
Est-ce un échouage ou un échouement ?
Vendredi nous voit du haut de son mirador
Tirons-nous maintenant
Mais aucun mot ne sort
Il se tient comme si la nage nocturne
Était l'apothéose de vendredi
Moi je sens en lui la recherche de sa porte de sortie

Il dit
« Retourne et tire-toi ! »
Je comprends
« Retourne et rêve-toi… »
Comme un cauchemar condescendant

L'île s'en fout
Se gorge de flou
Éternue çà et là

Klaxon de taxi
« Sorry, man ! »
Ou est-ce un gangui ?
« Didn't see you ! »
Un lourd lampadaire
S'écrase sur le goudron craquelé
Le gangui coincé
Part en claquant la portière

Devant nous une forêt de réverbères couchés
S'étend
Romance dans son épiphora
Ne les voit pas
S'étale

J'ouvre les yeux
Oneiroy me regarde
Luit dans ma torpeur
Je suis au lit
Je ne sais pas si
La nuit s'est déroulée sans moi
Dans mes limbes je sais que l'île affûte son broyeur

14. La boîte en carton qui obéit à des feuilles de papier

L'école, un mercredi…

L'école
Comme le décor de mes envies de fuites
Collée là
Dans l'île
J'y retourne
Moi
Mist
Prisonnière privilégiée
Sur la liste des certifiés
Aptes

À parler
La langue
L'anglais
A avalé l'engrais,
Well done !

L'école l'air concentré
Étrangement bourdonne
Pour tenir droite j'imagine

Les murs écaillés comme des poissons crus
Me renvoient cruellement à ce que j'ai un jour cru
Possible
Vernis pilé des piliers chancelant
Chantant la note pour que les corps en chœur suivent

L'école a égrené le savoir
Les cerveaux se font rares
L'île a débité ses ouailles
Quelqu'un connaît-il encore le mot "représailles" ?

Salle dépeinte de classe
Sans rang
Pour la même chose
On est tous là
Je ne peux le dire
Décimés sont les bancs de l'empire
Trois paumés sur quatre
Le sont définitivement
Leçons et gros maux
Tournoient dans cette salle factice

De jeu de dupes

Arrivent les pâtres
Au sourire fictif
Planqués dans les jupes de l'île
Secrétaires professeurs direction
Maîtres promoteurs formation
Inflammation du désir de fuir

Faut-il attendre Diane et sa craie
Pour le rituel sacré
De toutes les îles ?

C'est aujourd'hui
Chaos crispé
Que l'école délivre ses papiers
Ses feuilles officielles
Authentifiées certifiées confirmées conformes qu'on forme
Avec de l'autorité compétente
De l'administration sur talons aiguilles
Doyen recteur préfet proviseur
Vous donnent les clés à vous les lentes
De leur société purulente

Ici et en moi

Présence rémanente
Des camarades
De jeu
De rôle
Drôle de vision
De l'espace un jour rempli
Aujourd'hui repris

Ivana laisse son ombre tapageuse
Boris détaché de sa sagesse
Niklas séparé de sa fringance
Dans les replis du conditionnement
Leur peine s'est perdue
Je le sais
Désamarrés mes condisciples barbotent
Dans le charnier du *Freedom Monument*

Je n'écoute que leur silence
Dans le grand foin pompeux
Que font les pontes
Qui se lancent
Des fleurs de rhétorique

L'école
Boîte en carton bulldozer

Culture du théorique
Usine malévole
Baraque altière

Les rupineurs sont félicités
Les cacographes sont éjectés
Fabriquer des têtes pressées
Têtes pensantes
Puis les en blâmer

Je gigote impatiente

Sur le pas de l'encadrement puisque la porte n'est plus
Magda l'énigmatique soutient mon regard
Dans son sillon insulaire la suivent le soleil torride
Et une Russe gironde
Qui s'approche tend ses doigts fuselés
« Alex, enchantée. »

La distorsion
Au chapitre deux amorcée
Est apparemment achevée
Il n'y a plus d'identité

Magda se rappelle à moi

Et de sa voix nasillarde dit
« Diane ne viendra pas. »
Ce que je craignais
C'est bien
Déboulent Romance et Samuel
Coup d'œil de biais
Je ressens l'alerte et je fuis les
Discours de miel rance

À la terrasse il n'y a que nous
« Özkan a sauté ce matin. »
Comme je voudrais croupir loin
De mon crâne

Même aux confins du rien
La conformité finit toujours par régner

Je suis la freinte
Comme les hommes de l'île sont la freinte du monde
Je veux être la freinte
Moi
Mist
Boule de brouillard perdu
Kyste mou qui dodeline
Mon âme est à l'île

Mais je suis debout
Je la suis debout
La part des anges a les pieds sur l'île
J'habite les foules humaines
Et comme leur sueur
Je m'évapore
Pour ne pas me rendre
Me vomir tout entière
Pour échapper à l'unité identitaire

Je ne sais pas plus que vous ce que je fais là
Mais je sens par le courant de mes influx nerveux
Sortir l'exsudat
De vendredi

Je ne sais pas où est ma vie
Ni ce que l'île veut

15. L'estomac et ses tripes

Quartier de Paceville, 2h34, un samedi…

Comme tous les cyamidés sciemment paumés
Je sillonne Paceville
Les mois s'ajoutent aux mois forment des petits tas de mois
Moisissures fidèles
Qui s'assurent que mes ailes sont ouvertes
Toujours avide
Toujours en quête

Le vent katabatique qui descend du haut du caillou
M'a poussée jusque-là
Dans le temple du cataplasme
Dans l'attente du cataclysme
Qui nous sauverait

Comme chaque vendredi

Dans leur caraque invisible
Les nouveaux venus s'élancent
Carassins risibles
Insouciante excitation
Sur le tarmac en transe
Jaune
Je glousse
Fermeture éclair de la médiation chimique
Éclairage des chairs
Éclatement des sons
Pantalon sur les genoux
Des trottoirs au carrelage meurtri

Paceville
Catapulte rougeoyante
Qui m'éloigne de moi-même
Inflammation des peines anesthésiées

Paceville
Pucier géant
Lit de l'île
Je m'allonge
Te laissant ronger mes sens
Dans ton gosier je plonge
Encore une fois

Née par les hommes
Pour les hommes
Paceville
Cochonne d'élevage
Vache à viande
Comme eux tu cries
Partout la même musique
Vendredi l'invention ventriloque
Des condamnés conscients
Hurle extatique

Entre tes doigts
Tu me manipules
Comme un sexe mollasson
Pour voir si je mords encore
À l'hameçon
Pour voir comment je résiste

Tu ne m'auras pas
Tu ne m'auras plus
Je quitte la piste
De danse des derniers utopistes

Au milieu des filets tendus
De vendredi subrécargue

J'entends maintenant Romance
Sortir de ses gonds
Furibarde
Au fond d'un night-club nauséabond

Dans la foule homogène
Je cherche l'objet de sa gêne
Et trouve Samuel pantelant qui se confond
En explications

Je n'entends que la nouba qui bat
Et les basses qui me tabassent
Mais je les vois échanger des mots
Film muet mauvaise piste audio
Et leurs gestes amples m'emplissent d'alarmes
Bientôt je crois bien percevoir des larmes
Dans les yeux de Romance
Déraison et rude démence

Le temps que je m'approche et mes amis
Sont des corps flexueux qui se débattent
Aucun d'eux ne veut de cette bataille qui jaillit
Des entrailles putrides de Paceville
Dans lesquelles je ne danse plus

Comme un carnaval anergate
Une autre fête habite le cœur du club
Il me reste quelques mètres à franchir
Mais il est trop tard
Les excuses fusent
Je les vois sur les lèvres de Romance
Je vois l'impuissance
Car sa détresse est indocile

Les poutres porteuses déjà fracturées pètent
Les piliers de Pise se brisent
Le torrent salicole de Romance se prolonge
Et je longe le bar à quatre pattes
Pour aller la faire taire
« Je suis désolée ! S'il te plaît, pardonne-moi ! Pardon !
Excuse-moi ! Je t'en supplie ! »

Il n'y a plus rien
À faire

Sous les décombres qui s'amassent
Je l'agrippe dans la débandade
Les plafonds se fracassent
Poussière de ciment
Du pain les miettes en plus salissant

« Je ne veux pas finir comme tous ces cyclades ! »
Devant les ruines Romance se dégage
Je la suis elle crie
« Dégage ! »
Part en sprint sur l'asphalte déconstitué
Samuel apparaît la face en sang
Adossé à une façade démantibulée

Juste à temps
Pour voir Romance
Rencontrer le pare-chocs
Puis le pare-brise
D'une voiture de laquelle sort une conductrice
Mal prise qui débloque et crise
Évidemment il faut qu'elle se répande
Qu'elle se désole
Qu'elle se déverse
Peu importe
Que les néons pleuvent
Que les bâtiments tombent
Il faut que ça sorte
Qu'elle nous abreuve
De ses boniments mouillés
De ses regrets salés

Et que s'abattent encore les briques et les balcons
Et que s'affaissent encore les charpentes et les cloisons
Les dalles et les astragales en toc

Je me tourne
Romance gît morte dans les gravats
Je me retourne
Samuel n'est plus qu'une loque

Je demande dans l'embarras
« Quel était l'objet de la rixe ? »
Samuel tellement hagard que je le crois
Atteint d'anarthrie
Me fixe un instant et dit
« Je ne sais pas. »

J'ai le cœur en zigzag
À l'âme j'ai le vague
Rentrer à la brasse
Je voudrais
Mais j'ai la cosse
Je me laisse
Guider dans ton moule
Ta clisse
Paceville

Sous mon pébroc anti-débris
Imaginaire déchaîné
Je me débrouille pour oublier

L'aisance de tes fosses devrait suffire
Je vois dans les gravois
Le carnage truculent
Dont tu te gausses
Je décèle des succubes au ralenti
Qui se massent dans les rêves implantés dans la foule

Paceville
Un détour et tu percutes
Le beurre noir de mes yeux qui coulent
La couleur de la fête a changé
Mais le vide autour a grossi excité
Piétinant le flou des immondices

Paceville
Toi la vouivre
Serpent aux manœuvres subreptices
Qui assujettis les évaporés
Ceux qui se dispersent en choses vaines
Le temps d'une soirée
Tu les perces leur fais porter

Tes palanches et ils ne se doutent de rien
Toi la guivre
Tu bouffes les désespérés
Ceux qui dans tes rues se colletaillent
Avant qu'ils calanchent tu en fais ton festin

Paceville
Tu pues la poiscaille
Ta baie bordigue
Crachote l'agonie répandue
Cirque mauve de poissons gluants
Qui gesticulent dégoisent et font des bulles
Blablabla dans les boums boums

Les bouches serrées des filles
Au cul convoité
Poules au QI éclaté
S'ouvrent comme de vides coquilles

Tous les clubs debout marketent tranquille
Au fond de la goton Paceville
Vulve hérissée
Vendredi t'oblige
Cœur dehors

Cœur debout
Tu me prends par le bout

Des lèvres
Par milliers
Des langues coupées
Au rhum couteau
Qu'il leur en coûte
De sortir les mots
L'air les rend croup

Paceville la salope
Derrière tes tripots tu me tripotes
Tu amadoues les néophytes
Dans ton monde interlope
Les rends sciaphytes
Armée de plantes poissons
Escalopes des ombres
Déshabillées
Pleines de pattes pour ramper à tes pieds

Tu m'escalades
Ou c'est moi ?

Paceville

Trabendo
Tes substances parlent aux charognes
Qui se prélassent gorgées de ganja

Paceville
Saute-au-paf
Tu me poursuis
Putrescence harcelante
Vouge entre mes jambes
Tu glapis triomphante
Quand dans ta bogue tu me tiens
Gouge sous la mâchoire
Paceville
Regarde-moi
Regarde-moi bien
Parce que pour me garder il va t'en falloir !

Tu la sens la fin ?
Tu la sens ?

J'ai lâché le pilastre
Je quitte bientôt l'hypogastre

Paceville
Ouvre grand la bouche

Fais-moi tomber comme la mouche
Que tu prends sans cesse
Fais-moi de tes bassesses
Éviscère-moi
Serre-moi encore
Étouffe-moi dans ma brume
Étrangle mes douleurs
Mets la sangle
Mets-moi dans ton chouleur
Et dépouille-moi de mes envies
Inculque-moi les tiennes
Fais-moi fermer les yeux
Chauffe-moi à ton feu
Fais-moi boire la tasse
De tes sucs qui me tassent
Saigne-moi de l'intérieur
Irrite-moi les conduits
Mange-moi le dedans
Fourre-moi de ton gras
Gerce-moi
Bourre-moi le mou
Je te crois
Paceville
Digère-moi

16. L'île III

Les rues de l'île, un jour.

Il est loin
Peiné
Il est loin le temps du premier regard
Sur l'île
La contemplation excitée
L'exil neuf
Pas encore consommé

Vous êtes ici
Ligoté sur la carte
Cardite pétrifiée
Enserrée par le péricarde

Vous êtes ici
Fantôme pour vous-même
Atome de vous-même

Sur l'île
Excroissance escarpée
Chiure de mer
Bourrée de guignols agrippés
À leur machine à bruit
Brisés
Réduits
L'île sous les klaxons las
Hydre mobile
S'enfile toutes les peurs à portée de berge
Douce bergère
Invisible abattoir

Je suis ici
Grain si grand
L'île
Grosse maman
Dos de pierre tourné
Yeux clos de verre cassé
Gros rocher usé
Sur lequel les humains s'évachent

La roche amochée rend visibles
Les anaspides de l'île
Je suis ici

Gros fossile
De l'ère « galère, mon frère »

L'île comme un cratère à l'envers
S'étiole
Surpeuplée d'échoués volontaires
Semée d'abrutis en fleurs
Les décombres s'amassent par salves
Creusent des stries
Effondrement quinteux

Ni foucade ni calcul
L'île se défargue se démembre
À chaque excuse ridicule

L'île
Quimboiseuse
Jeteuse de sorts
Qui jamais n'échoue
Nénuphar d'allure presque frileuse
Qui se froisse pour un rien
Tuméfie finalement les téméraires
Transformés rapidos
Leurs pensées grabataires
Se rongent à sang

Huis clos et pâture
Torture des oiseaux agiles
Et des rares albatros
Si j'avais rêvé ce naufrage
Me serais-je tenue tranquille ?

Tous les chemins de l'île mènent à vendredi nuit
Les marquages au sol sont les lignes de bile
De Paceville
L'anus insulaire
Les bus qui les suivent
Couinent et crachent leurs glaires
Au freinage

Dans la pante en remontant
Je trouve Samuel qui
Aux abords de l'*Azure Window*
Se traîne decrescendo
Je cours devant les dernières miettes de bories
Fais face au borée presque blessant

Je le rejoins
Il m'ignore
Mais le calcaire
Est gravi de concert

Chante le vent comme un fou
Sa dépossession gravifique
Spectaculaire
Nous pousse au sommet comme saouls
Vue de l'arche
La dévastation est magnifique

L'île n'est plus qu'un champ d'asphodèles
Nénuphar décharné aux vacuoles remplies de cendres
Vacuité des commandes sensorielles

Va !
Et rien ne vient
Cerveau pultacé
Devant les paysages karstiques
Aussi tourmentés
Que le vent

Qu'il me fait mal
De résister à la marche
De l'identique domestiqué
Je fais de mon mieux
Je me bordure du bordj

L'île

Je décortique encore ses rues
Outre-mer
Outre vide
Outre le présent qui me tient
Les liens sont morts
Mes tripes à terre
Me regardent éparses
Et par ces chemins j'erre
Absents sont les cris
Personne ne proteste
Monumentale farce
Qu'est ma vie sans issue

Insensible secousse
        Samuel enfin me regarde
De l'écorce sous la mer
        Son sourire pour lui il le garde
Qui se dérobe en douce
        Et il saute dans le chant de barde
De l'arche qui gronde
Qui choit dans la profondeur des eaux azur
Et de la fenêtre sur le monde
Je tombe

Je tombe

En guise de postface

Quelques mots à la mémoire de Marcel Moreau

Message vocal de Marcel Moreau — 4 novembre 2017

Morgane, c'est Marcel Moreau. Écoute, je suis un peu… je suis trop ému pour te parler là tout de suite, mais franchement tu sais, je… Je suis très secoué par ton travail — positivement secoué évidemment. Voilà, c'est… c'est incroyable ! Alors, j'espère qu'on se reverra un jour, le plus tôt possible, pour en discuter parce que… là pour l'instant, j'ai le souffle coupé encore… Voilà, je t'embrasse, et à bientôt j'espère !

Marcel, je l'ai rencontré avant de le lire. Le tournage du documentaire de Stefan Thibeau allait commencer par une interview de son idole littéraire. Je n'avais aucune raison d'être là, j'avais peur de déranger, mais il a insisté : « Tu écris, ça justifie entièrement ta présence. » J'ai donc rencontré l'homme avant de lire ses livres. Situation exceptionnelle pour moi qui pouvais rarement mettre un visage sur un nom d'auteur que j'avais lu. Jusque-là, je m'étais peu penchée sur les gens derrière les livres ; j'ai toujours préféré les mots aux gens. Par ailleurs, on m'a longtemps fait croire que j'étais plus lectrice qu'écrivain. Mais les mots voulaient sortir. Rien n'est plus fort que la volonté des mots du dedans. Rencontrer cet être animé par ces flots de la langue m'a confortée dans cette conviction. J'étais alors en pleine écriture d'un long texte, un roman qui s'écrivait en vers : *L'île quimboiseuse*. Je l'ai terminé, je me suis mise à lire Marcel Moreau lentement, en savourant tous les rythmes, puis Stefan m'a incitée à lui envoyer mon texte. Le 4 novembre 2017 vers 13h, alors que je me réveillais d'une longue nuit de fête, il y avait dans mon téléphone un message vocal qui me submerge toujours de béatitude lorsque je le réécoute. Marcel se disait bouleversé par ce qu'il venait de lire et sa voix émue tremblait. Si je m'attendais…

Comme beaucoup d'écrivains sans doute, j'ai eu la chance d'avoir des professeurs de français qui comptent. Marielle Gillet d'abord, Laurence Orban ensuite. Leur immense amour des mots transperçait le côté académique obligatoire des cours. Je sentais le sens au bout des leçons. Les émotions possibles. Je devinais qu'il y avait quelque chose à chercher. Et je me suis mise à fouiller pendant des années dans cette langue française mouvante, sans jamais en parler.

Lors de notre première rencontre, quand j'ai osé dire à Stefan que j'écrivais — du bout des lèvres car c'était la première fois que je l'exprimais à voix haute — ses pupilles sont devenues gigantesques, et dans son avidité, il m'a dit : « Tu me donnes envie de relire Marcel Moreau ! » Quelques mois plus tard, le documentaire était en route et il y avait sur mon chemin cet écrivain à l'aura si ample et mystérieuse, qui désamorçait mon intimidation en m'offrant du porto avec une simplicité désarmante. Il posait des questions, voulait me connaître, moi qui n'étais personne, et si peu de gens aujourd'hui ont cette curiosité généreuse et simple pour les gens qui ne sont personne.

Quel privilège d'avoir pu côtoyer ce grand homme, qui réclamait nos visites à chaque coup de téléphone, avec une énergie joyeuse. Quel honneur d'avoir pu si souvent entendre sa voix impatiente, balayant mes questions pour me demander : « Alors, ça avance pour ton livre ? Tu as trouvé quelqu'un pour le publier ? »

Et ils sont nombreux les écrivains qui comme moi ont été poussés, encouragés, choyés par Marcel Moreau.

Grâce à Stefan, j'ai rencontré Sophie Buyse lors d'une interview pour le documentaire sur Marcel. Et quelques mois plus tard, se trouvant par hasard à mes côtés alors que je vivais une situation inconfortable, elle m'a prodigué des mots lumineux et stimulants. Et c'était comme si Sophie, encouragée par Marcel à ses débuts, redistribuait ce qu'elle avait reçu. Car c'est aussi elle qui m'a exhorté à parler, à dire qui j'étais. C'est Sophie qui m'a poussée vers David Giannoni, ce passeur-poète essentiel. Je n'oublierai jamais la voix de Marcel se faisant plus claire et sa joie soudaine, son « C'est vrai ?! » quand je lui ai annoncé qu'un premier texte allait être publié en décembre 2019. Ce n'était pas encore ce long roman-poème dont il me reparlait sans cesse, mais son soupir de soulagement a fait monter en moi un sentiment d'accomplissement.

Si je pleure aujourd'hui, c'est de devoir m'éveiller dorénavant dans un monde où Marcel Moreau n'est plus. Qui pourrait vouloir d'un monde qui n'a même pas conscience de ce qu'il perd ?

Y aura-t-il encore quelqu'un pour nous accueillir avec de la Leffe, du porto et du boudin à 10h30 dans un antre imprégné d'écriture jusque dans les murs ? Y aura-t-il encore un ogre littéraire si vivant, qui écarquille les yeux en vous avalant dans son gouffre de sincérité lorsqu'il cherche le mot qu'il veut dire, avant qu'un large sourire vous bouleverse et se transforme en rire qui résonne sans crier gare ? Y aura-t-il encore un puissant chaman des mots dont on cherche la compagnie pour un vrai moment de chaleur humaine, pour de vrai débats sur la langue, si humble et bon vivant qu'on sauterait dans le train sur un coup de tête avec la simple envie de lui offrir de la saucisse blanche de son pays, un poulet rôti et une tarte aux abricots ? Y aura-t-il encore un géant de la littérature pour me dire, dans une infinie douceur, plongé dans ses pensées : « Si Paulhan était encore là, je te le présenterais… » ? Y aura-t-il encore un faiseur de mots si généreux dans son art, aux préfaces qui ouvrent des cœurs d'écrivains à la lumière de la bienveillance, la vraie, pour toujours ? Y aura-t-il encore un écrivain avec qui parler d'écriture revient à atteindre une dimension supplémentaire, à se rapprocher de soi en même temps que de lui et croire à jamais que le travail des mots a du sens ?

Aujourd'hui, grâce à Stefan, je m'intéresse aux gens derrière les livres. Je préfère toujours les mots aux gens, mais je sais que certains peuvent réserver de bonnes surprises.

Je viens seulement d'arriver. De trouver et de prendre la place qui est la mienne. Et Marcel m'a déjà portée si loin ! Marcel Moreau a enlevé les doutes fabriqués en moi depuis l'adolescence, et Stefan Thibeau est son passeur. Il était son passeur auprès de moi avant que nous le rencontrions. Car chaque jour depuis que nous nous connaissons, quand je rêvasse, il m'enjoint : « Écris ! »

Je vois les yeux souriants de Marcel, et j'écris.

Morgane Eeman
Mons, le 5 avril 2020

GLOSSAIRE

Dans ce que j'appelle mon cahier de brouillon d'écriture, il y a des mots et des définitions à n'en plus finir.

L'écriture de *L'île quimboiseuse* a commencé à voix haute, et en travaillant, jusqu'à la version finale que vous tenez entre les mains, je n'ai jamais pu le relire autrement qu'en le disant. Ce sont les sons articulés qui ont poussé le texte hors de moi. Je voulais écrire un roman, mais les mots se sont mis à sauter à la ligne, à la ligne, à la ligne, encore et encore.

Les fulgurances parlées — et enregistrées — m'ont menée à d'autres fulgurances, écrites. Et les mots ont commencé à se chercher entre eux. À partir d'une sonorité, je partais en quête du mot qui sonnerait juste et qui aurait aussi la signification dont avait besoin le texte. À partir d'une définition, je cherchais des mots sémantiquement proches qui apporteraient d'autres envols au paysage sonore. Toutes ces fouilles m'ont conduite vers un vocabulaire de plus en plus hétéroclite, voyageant entre différents jargons, champs lexicaux et glossaires spécialisés.

Les mots insolites ou méconnus que l'on croise dans *L'île quimboiseuse* ne sont donc pas là par hasard, ils nourrissent l'âme du livre, de leurs sens et de leurs sons. J'ai voulu en offrir ici les significations aux lecteurs dans une volonté simple de partage.

A

ABRIER v.t. 1. Au Québec, couvrir quelqu'un ou quelque chose pour le protéger : abrier un bébé. Abrier le bois de chauffage. 2. Au Québec, cacher, dissimuler.

ACHOPPER v.t.i. être arrêté par un obstacle, une difficulté. Ex. : les négociations achoppèrent sur une difficulté mineure.

AMARINAGE n.m. période d'adaptation du corps humain avant que ne disparaisse le mal de mer.

ANARTHRIE n.f. Difficulté ou impossibilité d'émettre les sons consécutives à une lésion cérébrale malgré l'intégrité des organes de la phonation.

ANASPIDE n.m. Poisson fossile de l'ère primaire, voisin des lamproies.

ANÉPIGRAPHE adj. se dit d'un monument ou d'une médaille dépourvus d'inscription, d'une monnaie qui n'a pas de légende.

ANERGATE n.m. fourmi parasite vivante dans les nids d'une autre fourmi.

APORIE n.f. contradiction insoluble qui apparaît dans un raisonnement.

ARRAISONNER v. 1. chercher à amener quelqu'un à un avis, une opinion, en lui donnant des raisons pour le déterminer. 2. (marine) procéder à un contrôle pour vérifier la destination, la cargaison, l'état sanitaire, etc. d'un navire qui aborde.

AULOFÉE n.f. changer de cap sous l'effet de forces extérieures — vent, courant — mais dans le sens contraire, vers le lit du vent par exemple pour un voilier (inverse d'abattée).

AULOS n.m. instrument de musique à air de l'Antiquité, à anche simple ou double, composé d'un ou deux tuyaux cylindriques ou coniques percés de trous.

B

BALLER v.i. (littéraire) pendre et osciller.

BAMBOCHARD, E adj. et nom. (familier) qui aime faire la noce ; fêtard.

BARCAROLLE n.f. 1. Chant, souvent improvisé, des gondoliers vénitiens. 2. Pièce vocale ou instrumentale évoquant le balancement d'une barque, très en vogue à l'époque romantique.

BAVOCHEUR n.m. (dérivé de **bavocher** : bavasser, baver) bavard.

BERLOQUE n.f. 1. Batterie de tambour ou sonnerie de clairon qui donne au soldat la permission de rompre les rangs. 2. Appel de sirène qui signale la fin d'une alerte.

BOGUE n.f. Enveloppe épineuse de la châtaigne.

BORDÉE n.f. route que suit un navire qui louvoie sous les mêmes amures ; temps que le parcours a duré.

* tirer des bordées = **louvoyer**.

BORDIGUE (ou BOURDIGUE) n.f. enceinte sur le bord de la mer, pour prendre ou garder le poisson.

BORDJ n.m. En Afrique du Nord, lieu fortifié.

BORDURER (populaire) exclure quelqu'un, le mettre sur la touche.

BORÉE n.m. (littéraire) Vent du nord.

BORIE n.f. construction traditionnelle en pierres sèches, à voûte en tas de charge.

BRASILLER (de braise) En parlant de la mer, scintiller par la réflexion de la lumière d'un astre ou par phosphorescence.

BRASQUE n.f. En fonderie, enduit passé sur la surface d'un matériau réfractaire non métallique.

C

CACOGRAPHE n. (littéraire) personne qui écrit mal.

CALANCHER (argot) mourir.

CARAQUE n.f. grand navire étroit du haut et très élevé sur l'eau, employé jusqu'à la fin du XVIIe s.

CARASSIN n.m. poisson d'eau douce, proche de la carpe.

CARDITE n.f. mollusque des mers chaudes et tempérées.

CHALAND n.m. bateau de pêche où l'on conserve le poisson vivant.

CHOULEUR n.m. Chargeuse de matériaux sur chenilles ou sur pneus.

CLISSE n.f. Enveloppe d'osier tressé dont on entoure certaines bouteilles pour les empêcher de se casser.

SE COLLETAILLER v. pron. Au Canada, se colleter.

COMPLEXION n.f. 1. (littéraire) Constitution physique du corps ; état de son organisme surtout sous le rapport de la résistance. Ex. : complexion robuste. 2. (vieux) Humeur, inclination, caractère. Ex. : être de complexion amoureuse.

CONTROUVÉ, E adj. (littéraire) Inventé de toutes pièces, mensonger.

COSSARD, E adj. (familier) Paresseux.

COSSE n.f. (familier) Paresse, flemme. Avoir la cosse.

CRAILLEMENT n.m. cri de la corneille.

CRANGON n.m. crevette grise très commune sur les côtes de France.

CRASPEC adj. (populaire) crasseux.

CRATOPHANIE adj. manifestation inexpliquée et attribuée à une puissance surnaturelle.

CROUP n.m. laryngite diphtérique, qui peut amener la mort par asphyxie.

CYAMIDÉ n.m. 1. Nom de famille de petits mollusques bivalves des mers du Sud. 2. Nom de famille de crustacés amphipodes vivants fixés sur la peau des baleines.

CYCLADE n.m. mollusque bivalve vivant dans la vase.

CYCLOPE utilisé comme :

CYCLOPÉEN,NE adj. 1. Se dit d'un appareil constitué d'énormes blocs irréguliers ; se dit des constructions réalisées jadis dans cet appareil. 2. (littéraire) Gigantesque, colossal.

D

DÉCLIVITÉ n.f. État de ce qui est en pente.

DÉLÉTÈRE adj. 1. Qui attaque la santé, met la vie en danger, en particulier en parlant d'un gaz nocif. 2. (littéraire) Qui corrompt l'esprit ; nuisible, corrupteur, néfaste.

DÉPAISSANCE n.f. action de faire paître les troupeaux.

E

ÉCHOUAGE n.m. 1. Contact avec le fond d'un navire en stationnement, par suite d'un abaissement du niveau de l'eau. 2. Endroit où un bateau, une embarcation peuvent s''échouer sans danger. = action d'échouer volontairement un navire.

ÉCHOUEMENT n.m. échouage involontaire.

ÉCODUC n.m. passage construit dans un milieu aménagé, pour permettre aux animaux de traverser des obstacles construits par l'être humain.

* **passage à faune** = écoduc.

ÉCUME n.f. (littéraire) ramassis d'individus méprisables, lie de la société, rebut.

ENJUGUEUR mot inventé à partir du verbe enjuguer.

ENJUGUER : attacher au joug des animaux de trait.

JOUG n.m. (littéraire) Dure sujétion, contrainte matérielle ou morale.

ÉPIPHÉNOMÈNE n.m. 1. Ce qui se surajoute à un phénomène sans réagir sur lui. 2. Symptôme accessoire qui peut accompagner les autres symptômes d'une maladie, mais qui ne modifie pas le cours de celle-ci.

ÉPIPHORA n.m. larmoiement anormal consistant en un écoulement des larmes sur les joues.

ÉTHER n.m. 1. Air, atmosphère, ciel pur ; espaces célestes ; infini. 2. Milieu matériel hypothétique, remplissant tout l'espace mais impalpable, dans lequel les ondes lumineuses étaient censées se propager.

S'ÉVACHER v.pron. (Québec, familier) 1. Se tenir mal assis ; s'affaler. 2. S'installer paresseusement ; s'avachir.

EXPECTANT, TE adj. Se dit de quelqu'un qui préfère attendre pour agir.

EXSUDAT n.m. liquide séreux ou fibrineux extravasé au cours d'un processus inflammatoire.

F

FANGE n.f. (littéraire) 1. Boue presque liquide ; vase, bourbier. 2. Ce qui souille moralement, socialement.

FASCINE n.f. fagot de branchages utilisé pour combler des fossés, réparer de mauvais chemins, modérer l'érosion éolienne sur les dunes (technique remplacée par les ganivelles), et faire des ouvrages de défense. L'ouvrage constitué de fascines s'appelle « fascinage ».

FLEXUEUX, SE adj. qui est courbé alternativement dans divers sens.

FLUVIATILE adj. Se dit de sédiments continentaux transportés et déposés par les eaux courantes.

FOUCADE n.f. (littéraire) Caprice, emportement passager et déraisonnable.

FRAYÈRE n.f. endroit où les poissons déposent leurs œufs.

FREINTE n.f. déchet subi par certaines marchandises pendant la fabrication, les manipulations, le transport.

* la **part des anges** : partie du volume d'un alcool qui s'évapore pendant son vieillissement en fût.

FUMÉE DE MER Brouillard d'évaporation qui se forme au-dessus d'une surface d'eau libre en contact avec de l'air glacial. Les marins utilisent souvent le terme de brume quelle que soit la visibilité horizontale et le nomment également fumée de mer quand il s'agit de brouillard d'évaporation.

G

GANGUE n.f. Tissu scléreux (dur), d'origine inflammatoire ou tumorale, qui enveloppe un organe ou ses éléments constitutifs.

GANGUI n.m. 1. Chalut méditerranéen. 2. Bateau armé pour la pêche au gangui.

GANJA n.f. haschisch, marijuana.

GARRULEUX adj. Bavard.

GLUAU n.m. petite branche enduite de glu que l'on place sur le sol en l'entourant de graines, pour prendre les oiseaux.

GOTON n.f. (populaire et vieux) fille ou femme vulgaire, prostituée.

GOUGE n.f. Ancien outil tranchant du cordonnier ; ciseau de sculpteur.

GOUAILLEUR, EUSE adj. et nom. Qui gouaille, dénote un esprit railleur ; narquois.

GRAVOIS = gravats

GUIVRE n.f. en héraldique, serpent monstrueux avalant un être humain.

H

HOURD n.m. Au Moyen-Âge, échafaudage solide.

HYPOGASTRE n.m. partie centrale du bas de l'abdomen, située sous l'ombilic et entourée par les fosses iliaques.

K

KARSTIQUE adj. relatif au karst.

KARST n.m. Région de relief karstique, présentant des formes liées à la sensibilité, à la dissolution de certaines roches sédimentaires.

KATABATIQUE adj. se dit d'un vent à composante verticale descendante.

L

LOMBRIDUC n.m. Les lombriducs sont des ÉCODUCS légers et spécialisés construits pour permettre la continuité du passage des vers de terre et d›autres invertébrés.

LOUVOYER v.t. 1. Courir des bordées, bâbord et tribord amures, pour atteindre en zigzag un point où la direction du vent ne permet pas d'arriver directement. 2. Suivre un chemin qui fait des détours ou des zigzags.

* tirer des bordées = louvoyer.

M

MALÉVOLE nom. (désuet ou littéraire) malveillant.

MARITORNE n.f. (du nom d'une fille d'auberge dans Don Quichotte) litt. Fille mal faite, malpropre et acariâtre.

MASTOC adj. (familier) Qui a des formes lourdes, massives.

MIRIFIQUE adj. (Ironique) Qui est merveilleux, très surprenant. Ex. : des promesses mirifiques.

MYOCARDE n.m. muscle du cœur assurant par sa contractilité et son élasticité, la vidange et le remplissage des cavités cardiaques et donc la circulation sanguine.

O

OROGRAPHIQUE adj. (vieux) Relatif à la description du relief terrestre.

* **Nuage orographique** : Lorsque l'air rencontre un obstacle, une montagne par exemple, il doit s'élever et voit sa pression se réduire, ce qui provoque un refroidissement de la vapeur d'eau. L'humidité augmente alors et un nuage, appelé nuage orographique, se forme.

P

PALANCHE n.f. Tige de bois, droite ou légèrement arquée, pour porter, sur l'épaule, deux charges accrochées à chacune des extrémités.

PALANCRE (ou PALANGRE) n.f. dispositif pour la pêche en mer des poissons de fond, constitué d'une corde le long de laquelle sont attachés des fils munis d'hameçons.

PANTE n.f. Double filet horizontal utilisé pour prendre les oiseaux lorsqu'on les a fait se poser à l'aide d'appelants.

PÂTRE n.m. (littéraire) Celui qui fait paître un troupeau.

PÉBROC n.m. (populaire) Parapluie.

PÉRICARDE n.m. Membrane séreuse, formée de deux feuillets, qui enveloppe le cœur.

PEYOTL n.m. Cactacée non épineuse, d'une région montagneuse du Mexique, qui fournit un hallucinogène puissant, la mescaline.

PILASTRE n.m. premier montant ou barreau vertical du bas d'une rampe d'escalier.

PINACE n.f. embarcation à fond plat du sud de la Gironde pour tous les usages, employée notamment pour la pêche à la sardine.

PUCCINIE n.f. champignon basidiomycète, dont plusieurs espèces causent les rouilles des céréales.

PUCHE n.f. (régional) En Normandie, filet à manche pour pêcher sur le sable les crevettes et les petits poissons.

PUCIER n.m. (littéraire) lit.

PUGNACE adj. et nom. (littéraire) Qui est combatif, qui aime la discussion.

PULPITE n.f. inflammation aigüe et irréversible de la pulpe dentaire.

PULQUE n.m. Boisson alcoolique mexicaine obtenue par fermentation du fruit et de la sève de l'agave.

PULSATILE adj. animé de pulsations rythmées par les contractions cardiaques.

PULTACÉ, E adj. qui a la consistance de la bouillie.

PULVÉRULENCE n.f. état d'un corps réduit en poudre.

Q

QUIESCENT adj. En état de quiescence.

QUIESCENCE n.f. Arrêt de développement des insectes en cas de conditions extérieures défavorables (température insuffisante ou sécheresse).

QUIET, QUIÈTE adj. (littéraire) paisible.

QUIMBOISEUR, EUSE nom. Aux Antilles, sorcier, jeteur de sorts.

R

RETORS, E adj. qui manie la ruse avec une finesse tortueuse.

RHAPSODIE n.f. pièce instrumentale de caractère libre, proche de l'improvisation, utilisant des thèmes ou des effets folkloriques.

ROSSARD,E nom. (familier) personne prête à faire de mauvais tours.

RUPINER v.i. (familier et vieux) Briller dans un examen.

S

SALICOLE adj. qui a trait à la production de sel de mer dans les marais salants.

SALORGE n.f. magasin dans lequel on entrepose le sel.

SAUTE-AU-PAF n.f. nymphomane.

SCIAPHYTE n.f. plante sciaphile, c'est-à-dire qui pousse à l'ombre, pas en plein soleil.

SCLÈRE n.f. Membrane fibreuse blanchâtre, très résistante, qui enveloppe l'œil sur presque toute sa surface.

SUBRÉCARGUE n.m. officier qui dirige les opérations de pêche sur un navire de pêche.

SUCRICIDE adj. (formé avec *sucre* et le suffixe *–cide*) qui tue le sucre.

T

TÉGUMENT n.m. 1. Tissu ou ensemble de tissus recouvrant et enveloppant un organisme vivant. 2. Peau de l'homme. 3. Enveloppe entourant l'ovule, puis la graine.

THYMIE n.f. en psychologie, synonyme d'humeur.

TRABENDO n.m. en Algérie, marché noir, contrebande.

V

VACUOLE n.f. cavité millimétrique à centimétrique à l'intérieur d'une roche.

VANTAIL, VANTAUX n.m. partie mobile d'une porte.

VIGIE n.f. à bord d'un navire, homme de veille dans une hune ou le nid-de-pie, qui était chargé de surveiller tout l'horizon.

VIN DE COUPAGE : mélange de vins d'origines ou de cépages divers.

VIVEUR n.m. (vieux) Personne qui mène une vie de plaisirs.

VIVIER n.m. 1. Enclos où sont introduits les poissons, les crustacés après leur capture ou leur récolte en attente de leur destination définitive. 2. Récipient dans lequel on conserve les poissons vivants. 3. Bateau muni d'un réservoir dans lequel on conserve le poisson vivant.

VOLANTER v.t. munir de volants.

VOUGE n.m. Arme d'hast et de taille à large lame tranchante et asymétrique (XIIIe – XVIe s.).

VOUIVRE n.f. serpent fabuleux qui apparaît souvent dans le folklore.

W

WASSINGUE n.f. Dans le nord de la France, synonyme de serpillière.

Remerciements

Merci à Stefan pour ses relectures et son impatience,

Merci à Marcel pour sa curiosité et sa présence,

Merci à ma maman, ma sœur et Laurent pour leur soutien silencieux,

Merci à David Giannoni pour sa confiance et ses si belles surprises,

Merci à Sophie Buyse pour sa bienveillance,

Merci à Rain qui a dessiné ce que j'imaginais,

Merci à Camille pour son enthousiasme continu,

Merci à tous les auditeurs de mon podcast *Les sens, les sons & l'écriture* qui ont suivi assidûment les aventures de ce livre dans mon journal de bord sonore.

Table

Parus chez maelstrÖm reEvolution

Poésie

La poésie est un acte. La meilleure poésie c'est notre vie.
Désoccultez votre poésie.

Morgane Eeman *L'île quimboiseuse* · Daniel De Bruycker *9 Neuvaines 7 à 9* · Amir Or *Ailes* · Els Moors *Knalpatronen/Pyrotechnies/Knallkörper* · René Daumal *Poème à Dieu et à l'Homme* · Anne Waldman *Harmonies Jaguar/Jaguar Harmonics* (livre/CD) · Tom Buron *Nadirs* · Collectif L-SLAM *On ne s'excuse de rien !* · Dominique Massaut *Débordements* (livre/CD) · Pascal Leclercq *Analyse de la menace* · Laurence Vielle *Domo de Poezia* (livre/CD) · Gioia Kayaga *Tram 25* (livre/CD) · Léo Beeckman *Poèmes quantiques* · Otto Ganz *Du fond d'un puits* · Daniel De Bruycker *9 Neuvaines 4 à 6* · Cee Jay *Le prophète du néant* · Rolf Doppenberg *Sel de nos veines* · Sohrab Sepehri *Histoire de lune d'eau et de vent* · Benjamin Pottel *J'infiniments nous* · David Giannoni *La foi la connaissance et le souvenir* · Michel Bulteau *Fantômes et vivants* · Antonio Bertoli *Astres et Désastres/Astri e Disastri* (livre/DVD) · Jack Hirschmann *L'Arcane du Viêt-Nam* · Amir Or *Dédale* · Laurence Vielle *OUF* (livre/CD) · Kenny Ozier-Lafontaine *Billes* · Daniel De Bruycker *9 Neuvaines 1 à 3* · Lawrence Ferlinghetti *Poésie Art de l'Insurrection* · Lawrence Ferlinghetti *A Coney Island of The Mind* · Lawrence Ferlinghetti *Blind Poet (Poète aveugle)* · Alejandro Jodorowsky *Solo de Amor* · Alejandro Jodorowsky *Les pierres du chemin* · Alejandro Jodorowsky *De ce dont on ne peut parler* · Serge Pey *Droit de Voirie* · Serge Pey *Appel aux Survenants* · Antonio Bertoli *Territoires du Cœur* · Gaston Compère *Lux Mea* (livre/CD) · Fernando Arrabal *La pierre de la Folie* · Anne Waldman *Fast speaking woman* · Dwayne Morgan *Le Making Of d'un Homme* · Martin Bakero *ViceVersa* · Marianne Costa *Pin-Up Chrysalide* · Werner Lambersy & Otto Ganz *Ecce Homo* · André Beem *La Traversée d'Ici* · Daniel De Bruycker *Jātaka de l'Arbre*

Romans, récits & nouvelles

Francesco Pittau *Longtemps et des poussières* · Luc Baba *L'Arbre du retour* · Bruno Geneste *Le Monde selon Jim* · Rose-Marie François *Au soleil la nuit* · Jean Claude Bologne *Le Nouvel An cannibale* · Chantal Deltenre *Où part l'amour* . Pascale Moulias *Sur le chemin* . Yumma Mudra *La Voie qui danse* . Evrahim Baran *Le Syndicaliste, le Soufi et moi* · Sophie Favennec-Buyse *Amour et Kabbale* . Jean Claude Bologne *L'âme du corbeau blanc* · Otto Ganz *Les Vigilantes* · Rose-Marie François *La Belle enceinte* · Patrick Lowie *Le rêve de l'échelle* · Luc Baba *Chroniques d'une échappée belle* · Carmelo Virone *Battre les cartes* · Gilles Farcet *La joie qui avance chancelante le long de la rue* · Chantal Deltenre *La Forêt-Mémoire* · Krzysztof Styczynski *Rien d'Officiel* suivi de *Ç* · Serge Delaive *Nocéan* · Gustave Flaubert *Madame Bovary*, adaptation théâtrale de Paul Emond · Nicolas Ancion *Invisibles et remuants* · Rose-Marie François *Course lente avant l'aurore* · Kenan Görgün *Delia on my mind* · Gérard Mans *Poche de noir* · Martin Ryelandt *Le Cavalier* · Ben Arès *Tromba, une transe* · Serge Noël *Aux premières heures d'un jour nouveau* · Isabelle Wéry *Marilyn désossée* · Paul Emond *Les vingt-quatre Victoires d'étape du peintre Belgritte* · Paul Emond *Tristan et Yseut* · Evrahim Baran *Pressé Immobile* · Evrahim Baran *La septième ville* · Evrahim Baran *De ce côté du Mur* · Gaston Compère *Au plus blanc de la nuit* · Vladimír Mináč *Le Producteur de bonheur* · Chantal Deltenre *La Maison de l'Âme* · Chantal Deltenre *La Cérémonie des poupées* · Chantal Deltenre *La Plus que mère*· Corentin Jacobs *Compte à rebours contre l'Occident* · Éric Dejaeger *Le Seigneur des Ânes* · Gaetan Saint-Remy & Mathieu Pierloot,*Charly Solo* · Renaud Coppens *La Ligue Hollywood* · Damien Spleeters *Tout ça c'est dans ta tête* · Damien Spleeters *Transere* · Patrick Roegiers *Le Journal d'Aurore* · Sophie Buyse *L'Organiste* · Sophie Buyse *Confidences de l'Olivier* · Sophie Buyse *Autopsy* · Olivier Dombret *Journal d'un jeune branleur* · Anne Guilbault *La Cour* · Otto Ganz & Anne Guilbault *On vit drôle* · Denys-Louis Colaux & Otto Ganz *L'Arbre d'Apollon* · Denys-Louis Colaux *Je Hais les poètes (vivants) !* · Collectif *Descentes dans le Maelström* · André Beem *Asymptote/Quatre positions du dormeur* · Guy Montens *H.V.T. Hysterical Visionary Tour*

Livres graphiques et hors collection

Dominique Maes *Chansons de la Grande Droguerie Poétique* . Chiara Mulas *Corona Mask* . Sylloge *Paroles données paroles perdues ?* · Collectif *zOOdiac* . Chantal Deltenre *Écrire en marchant* · Marianne Costa & Vince Larue *Filles seules*, BD · Kenny Ozier-Lafontaine & Vincent Lefèbvre *bulles* stripoétique · Marcheurs des Temps présents *Pays dans un pays,* récits · David Giannoni & Daniele Bacci *La Face cachée de la Ville*, L'intégrale BD . Collectif *L'Arcane de la Force* . Jean-Luc Lupieri *L'art d'action à l'ombre de Diogène,* Essai · Collectif MANIFESTEMENT *Chronique du Rattachement de la Belgique au Congo* · Collectif MANIFESTEMENT *Dégagisme du Manifeste* · Collectif MANIFESTEMENT *Manifeste du Dégagisme* · Aliette Griz, Anne Versailles & Julien Le Gallo *Neuf.0* · Luvan *Le Chevalier rouge,* illustré par Ambre · Thierry Van Roy *Sibérie noire* · Paul Emond *Les Aventures de Mordicus* mises en images par Maja Polackova · David Giannoni *Contes de Nod* mis en images par Sylvie Leroy · Soline de Laveleye *Les phrases de la mâcheuse* contes mis en images par Dominique Maes · Martine Cornil *Bords de Mondes* (avec textes de 29 auteurs) · Damien Spleeters *West We Go* · Philippe Remy-Wilkin *Le Livre de Mahomet,* illustré par Nikolas List · Philippe Remy-Wilkin *L'Épopée de Gilgamesh,* illustré par Nikolas List · O. Ganz & C. Amatheü *La Toute fine ombre des fleurs* · Nele Paxinou *Ne laissez pas mourir vos rêves* · Nikolas List *La Vallée des Rois* · Collectif *Devoir de Mémoire*

Rootlegs (livres de poche)

Ada Mondès *Le Droit à la Parole / El Derecho a la palabra* . Davide Colasante *Christ et le Tigre / Cristo e la Tigre* . Gioia Kayaga *Ensauvagement – le petit livre de la colère* . Tom Nisse *Une longue dissonance* . Aurélien Dony *Amour noir* . Stéphanie Lemonnier *Dans mon ventre il y a une forêt* . Volauvent *Un chant couleur rouge cendre* . Tarek Essaker *La fille de la rivière*

Ainsi que de nombreux *Booklegs* (livrets à 3€ – poésie théâtre contes)

Imprimé dans la dignité sur les presses de la
Maison de la Poésie d'Amay (Belgique) pour l'intérieur et le façonnage
et chez Vervinckt (Liège, Belgique) pour les couvertures